KB253797

남호탁 의료에세이

수면내시경과 붕어빵

남호탁 의료에세이

수면내시경과 붕어빵

수필과비평사

| 머리말 |

세상은
물질이 아닌
이야기로 가득하다.

의료현장 역시
질병이 아닌
이야기로 가득하다.

질병도
의료도
환자도
의사도 아닌
사람 사는 얘기를
쓰고 싶었다.

2009. 여름에
남호탁

수면내시경과 붕어빵   차례

12   개다리를 잘랐을망정

19   구멍만 보면 사족을 못 쓰는

28   그르누이를 꿈꾸는 자여

34   누구나 그랬다, 처음엔

43   레닌의 동상이 무너지던 날

54   세상에 이런 일이

차례　　　　　　　　　수면내시경과 붕어빵

세옹지마塞翁之馬 노인지분老人之糞　　59

수면내시경과 붕어빵　　67

실이 떨어져서　　74

센서를 꺼라　　83

아빠, 여걸 뭐라고 해?　　91

아일 비 백 I'll be back　　99

수면내시경과 붕어빵　　　　　차례

106　　알라딘과 지니

111　　오떼아라이와 도꼬데스카?

119　　원장님 애기는 무슨 반이에요?

126　　이쯤 돼야 환자라고 할 수 있지

135　　임종을 지키는 의사

143　　작은 여우를 잡아라

졸면 우야니꺼!   150

큰지 심천 원   161

치핵이 한우라도 된단 말인가?   168

터무니없는 의료상식   174

혈전성 외치핵에 불과하다   181

화장실이 수상쩍다   185

S라인 속에 숨겨진 비밀   191

1부

개다리를 잘랐을망정

내가 공중보건의사로 발령받고 찾아든 곳은 목천면 보건지소였다. 독립기념관 후문 쪽으로 난 조붓한 길을 따라가다 보면 아담한 마을이 나타나고 면사무소와 만나게 되는데, 보건지소는 면사무소에 딸려 있었다. 목천은 천안 시내와 가까운 거리에 있어 외지다는 생각은 들지 않았지만 그래도 시골은 시골이요 객지라면 객지였다.

넘쳐나는 환자들과 의사들의 틈바구니 속에서 나름대로 분주하기만 한 삶을 살았던 나로서는 한적하고 여유 있는 삶이 결코 싫은 건 아니었지만, 그렇다고 하더라도 외롭고 무료한 것만은 어쩔 수가 없었다. 하지만 그런 생활도 그리 오래가지는 못했다. 친절하고 인정 많은 주변사람들을 하나 둘씩 알아감에 따라 그들과 어울려 지내는 시간이 많아졌고, 급기야는 아내의 눈총까지 받는 지경에까지 이르게 되었다.

언제고 떠올려도 기분 좋은 얼굴들. 저수지를 운영하던 김 형, 면사무소 공무원 김 형, 사슴을 키우며 청소차를 끌던 홍 형……. 내가 글을 끼적거리고 있는 지금, 저수지 김 형은 간암과 힘겨운 싸움을 하고 있는 중이다. 법 없이도 살 만큼 착한 이들에게 들이닥치는 불행을 보는 것만큼 속상하고 당혹스러운 것도 없다.

김 형, 힘내요!

김 형이 걸어온 고단한 삶을 하늘은 알 터, 무심하지만은 않을 거야.

우리들의 아지트는 저수지였다. 저수지는 보건지소에서 자가용으로 5분 남짓한 거리에 있었다. 저수지 김 형의 취미이자 오락거리는 먹을거리를 준비하고, 나를 비롯한 또래들을 불러 모아 소주를 까며 이런 저런 잡담을 나누는 거였다. 겨울냉면, 석화구이, 묵은 김치에 삼겹살, 끓는 물에 살짝 데친 더덕, 곱창……. 메뉴도 다양했다. 먹을거리는 주로 김 형이 제공했고 나를 비롯한 나머지 사람들은 맛나게 먹어주기만 하면 그만이었으니 그저 고마울밖에. 밤이면 밤마다 술판만 벌인 건 아니었다. 보름달 걸린 인근의 흑성산을 오르며 운동도 하고 주변에 불쌍한 사람이 있으면 팔을 걷어 붙이고 돕기도 했다.

노는 것만큼, 안타까운 처지에 놓인 사람들 돕기를 좋아하는 마음 따뜻한 사람들이었다. 우리는 건강을 위해 육체만 단련시킨 건 아니었다. 언제 닥칠지 모를 치매를 예방하기 위해 치매예방운동인 고스톱도 게을리하지 않았다. 명색이 의사인 내가 지역주민이 치매를 예방하기 위한 목적으로 벌이는 운동에 불참한대서야 어디 말이 되겠는가.

아내야 영 미심쩍어 하는 눈치였고 못마땅해 했지만, 아무리 아내라고 할지라도 의사인 남편의 고충을 다 헤아릴 순 없는 거다. 아무튼 나는 예방사업에 열심히 동참했다. 운동이라고는 하지만 판돈이 없으면 결코 할 수 없는 운동이 바로 고스톱이었기에 우리는 어김없이 2만 원씩 묻고 운동을 즐겼다. 주머니에 아무리 돈이 두둑할지라도 판돈 2만 원을 잃으면 뒤로 물러나 앉아 있어야만 하는 게 룰이었다. 그렇게 해서 승부가 가려지면 본전 2만 원은 1등에게로, 나머지는 저수지 건너편 오리탕집 주인의 주머니로 들어갔다. 운동을 끝내고 다 같이 둘러앉아 먹는 오리탕의 맛은 그야말로 일품이었다. 1등은 본전을 챙겼기에, 나머지는 비록 돈은 잃었으나 오리탕은 건질 수 있는 것이었기에 누구 하나 불만을 달 이유가 없었다.

그러던 어느 날 '저수지'로부터 뜬금없는 전화가 걸려왔다.

"남 소장, 수술 하나 해 줬으면 하는디."

"왜, 어디가 찢어졌어요?"

보건지소에서 할 수 있는 수술이란 게 고작해야 바느질밖에 없었기에, 나는 으레 누가 찢어졌겠거니 생각했다.

"그게 아니고……."

저수지 김 형이 말꼬리를 흐렸다.

'뭐야, 이 인간이 아직까지 고래도 잡지 않았단 말야?'

주저주저하는 김 형의 말투로 보나 정황상 나는 퍼뜩 포경수술을 떠올렸다.

"설마 나더러 고래를 잡아달라는 건 아니죠?"

"이 친구가 나를 뭘로 보고."

"정말 아냐?"

"아니라니까."

"그럼 무슨 수술을……?"

"멍순이 알지? 집 나간 지 3일 만에 돌아왔는데 그동안 덫에 걸려 있었나 봐. 얼마나 발버둥을 쳐댔는지 덫은 온데간데없고 다리는 끊어지기 일보 직전이야. 보건지소에도 간단한 수술도구는 있지?"

멍순이는 저수지 김 형이 놓아기르는 암캐였다.

"알았어요."

오전진료를 마치자마자 나는 박 간호사가 미리 싸둔 수술도구를 챙겨들고는 저수지로 향했다. 저수지로 들어서자 동네사람 예닐곱이 빙 둘러선 채 죽은 듯 미동도 않는 멍순이를 내려다보고 있었다. 나만 보면 안면이 있다고 꼬리를 치며 난리법석을 떨던 평소의 멍순이가 아니었다. 감긴 두 눈 주위로는 눈곱이 덕지덕지 붙어있었고, 간간히 흘러나오는 가느다란 신음소리만 아니었다면 누가 보더라도 영락없는 죽은 개였다. 왼쪽 앞다리 피부는 갈가리 찢겨져나가 너덜너덜했고 뼈는 으스러져 당장에라도 끊어질 듯 위태로워 보였다.

내일 죽더라도 간당간당 붙어있는 다리만큼은 어떻게 해주어야 될 듯싶었다. 저수지 김 형도 나와 같은 생각이었다. 국소 마취제 리도케인을 주입 후 가위로 간신히 붙어있는 다리뼈를 절단했다 내가 리도케인을 주사할 때나 뼈를 절단할 때도 멍순이는 발악은커녕 깨갱 소리 한번 내지 않았다. 눈곱으로 뒤덮인 눈을 간신히 뜨고는 부들부들 떨며 나를 올려다보는 게 고작이었다. 으스러진 뼈를 절단하고 갈가리 찢긴 피부를 정리한 후 나는 나일론으로 환부를 대충 여며줬다. 다리뼈야 절단해주었지만 어디 살겠나 싶던 멍순이는 며칠 후 기력을 회복하더니만 절뚝절뚝 걷기 시작했고 어느 날부턴가는 어색하게나마 뛰며 동네 개들과 어울려 다녔다. 나중에 들으니 멍순이는 천수를 누리다 죽었다고 한다.

뜬금없이 웬 개 타령……………???

대한외과학회 분석에 의하면, 병원이나 의원의 외과 전문의 가운데 수술을 하는 의사는 20명 중 1명이라고 한다. 전국 수련병원들이 일반외과나 산부인과 레지던트를 구하지 못해 비상이 걸린 지 오래고 미달사태는 날로 심각해지고 있는 형편이란다. 공원 벤치가 아닌 직장으로 출근할 때 가장은 가장답다. 맹장을 자를지언정 메스를 들고 있을 때 외과의사는 외과의사답다.

감기약이나 처방하자고 4년간 혹독한 트레이닝을 받으며 인고의 시간을 보낸 건 아니질 않는가. 어떤 소설가의 책 제목마따나 그 많던 외과의사는 다 어디로 가버린 걸까? 어쭙잖은 손재주로나마 나는 지금까지 메스를 휘두르는 외과의사로서 살아가고 있는 것인데, 이게 다 멍순이 덕이지 싶다. 개다리를 자를망정 외과의사가 메스를 놓아서는 안 된다는 가르침을 내게 주고자 멍순이는 자신의 다리를 희생한 건지도 모르겠다. 멍순아 고맙다. 그나저나 멍순이는 외과의사들이 더 이상 메스를 들려하지 않는, 아니 들 수 없는 세상이 도래하리란 걸 도대체 어떻게 알았던 걸까?

구멍만 보면 사족을 못 쓰는

선진국의 경우, 암 환자의 12% 정도가 대장암으로 인해 사망하는 것으로 알려져 있다. 암으로 사망하는 환자 10명 중 1명이 대장암에게 귀중한 생명을 내어주는 꼴이다. 섬뜩한 사실임에도 어째 확 와 닿질 않는다. 그저 나와는 상관없는 남의 얘기인 것만 같고 막연하기만 하다.

다른 수치를 대보자. 2005년 우리나라 생명보험협회와 통계청 자료에 의하면 총 사망자 24만 6000명 중 암으로 사망하는 사람은 6만 5000명에 이르는 것으로 나타났는데, 이는 하루 평균 179명이 암으로 사망한다는 얘기다. 이는 전체 사망원인에서 무려 26.7%를 차지하는 무시무시한 수치다. 교통사고로 인한 사망률이 감히 명함조차 내밀지 못하게 된 건 어제 오늘의 얘기가 아니다. 먼 옛날 얘기다.

하루에 179명이 암으로 사망하다니……, 머리털이 곤두서는 게 그저 남의 일이라 치부할 수만은 없는 노릇이다. 179명이라는 수치는 어찌 보면 숫자에 불과하다. 하지만 그 안을 들여다보고서도 그렇듯 쉽게 생각하고 말할 수 있을까? 이들 중에는, 시집오자마자 남편이 교통사고로 반신불수가 되는 바람에 지극정성으로 남편을 간호하며 눈물로 한 많은 삶을 산 아주머니도 있을 수 있다.

뒤늦게 철든 남편의 학비를 대느라 식당이며 공장에서 허드렛일도 마다하지 은 젊은 여인네도 있을 수 있다. 대책 없는 부모나 어린 동생들을 위해 몸마저 던진 소냐 같은 여인도 있을 수 있다. 이런 기막힌 사연은 없다손 치더라도 생명은 누구에게나 귀중한 것이기에, 하루에 179명이 암으로 사망한다는 사실을 접할 때면 두렵기도 하거니와 한편으론 분하고 억울하다는 생각이 들 때가 많다.

이렇듯 암은 인간의 귀중한 생명을 빼앗는 주범이자 인류 공동의 적인데, 그 중 하나가 바로 대장암이다. 비록 대장암이 인간의 고귀한 생명을 가장 빈번히 약탈하고 빼앗아가는 암은 아니라 할지라도 암은 암이요, 더더군다나 대장암의 빈도가 나날이 증가추세에 있다는 사실에 주목할 필요가 있다. 바짝 긴장하고 신경을 곤두세울 이유가 충분하다.

개똥밭에서 굴러도 이승이 좋다는데, 거꾸로 매달려도 이승이 좋다는데, 그렇듯 삶은 소중하고 천수를 누린다 한들 부족하기만 한 것인데 대장암에게 목이 졸려 나이 30에, 나이 40에, 나이 50에 중도하차라니. 안 될 말이다.

대장암을 잡아내는 가장 간단하면서도 손쉬운 진단방법은 대장내시경검사다. 대장내시경검사를 받기 전 설사를 유도하는 약을 먹기가 귀찮아서, 항문을 통해 검사가 이루어진다는 사실이 영 찜찜해서, 아플 것 같아서……, 이런 저런 이유를 대며 대장내시경검사를 기피하고는 어떻게 초음파검사나 컴퓨터단층촬영검사로 대충 때워보려는 이들이 있는 것도 같은데, 어림도 없는 얘기다.

배부른 소리다. 너무나도 순진한 생각이다. 덩치가 크고 주변으로 쫙 퍼진 난폭한 암이면 모를까, 초음파나 컴퓨터단층촬영으로 대장암을 속속들이 찾아내기란 불가능하다. 바닥에 납작 엎드린 채 매복하고 있는 놈, 쥐 젖만하지만 이미 암으로 변신을 끝마친 놈 등. 대장암의 생김새는 그야말로 다양하고 천차만별인데 대장내시경이 아니고선 이런 다양한 얼굴을 하고 있는 대장암을 낱낱이 잡아낼 방법이 없다.

하물며 대장암의 전단계인 작은 용종을 초음파나 컴퓨터단층촬영이 무슨 수로 잡아낼 수 있단 말인가? 어불성설도 유분수지. 돈 낭비, 시간 낭비랄 밖에. 누가 되었든 대장내시경검사에 대한 약간의 거부감만 없애더라도, 대장암으로 사망할 가능성은 극히 희박해진다. 세상에 이만큼 남는 장사도 없을 거다. 이래도 물먹기가 고역이네, 아플 것 같네 하며 배부른 소리나 해쌀 것인지.

대장내시경검사는 대장내시경이라는 기구를 통해 대장 안을 샅샅이 훑는 검사를 말한다. 눈으로 직접 들여다보는 검사이니만큼 이보다 더 정확한 검사는 없다. 크고 작은 대장암은 말할 것도 없고 대장암의 전단계인 용종도 쉽게 발견할 수 있는 검사다 보니,

대장질환에 관심이 있는 의사라면 누가 되었든 대장내시경검사에 관심을 가질 수밖에 없다. 하지만 안타깝게도 관심을 갖는 의사는 많아도 대장내시경을 자유자재로 다룰 줄 아는 의사는 그리 많지 않다.

그만큼 배우기가 쉽지 않다는 거다. 두 눈으로 확인해가며 대장이라는 뻥 뚫린 구멍 속으로 기구를 들이미는 게 뭐 그리 어려운 일일까 싶겠지만 그게 그렇지가 않다. 대장을 동굴로 비유하면 대장은 일직선으로 반듯하게 뻗은 동굴이 아니라 구불구불 제멋대로 꺾여있는 동굴이다.

완만하게 굽은 동굴이라면 기구를 들이미는데 전혀 문제될 게 없지만, 예리한 각도로 꺾여있는 동굴이라면 통과해서 앞으로 나아가기가 여간 어려운 게 아니다. 사람의 얼굴 생김새나 성깔만큼이나 대장의 모양새나 꺾인 정도도 각양각색인데, 바로 이런 이유 때문에 대장내시경을 다루기가 만만찮은 것이다.

대장내시경검사를 갓 배우기 시작한 의사들의 공통점이자 특징을 들라면 구멍만 보면 사족을 못 쓰고 덤벼든다는 것이다. 초자들은 구멍이 없어지기라도 한다는 듯이 구멍만 보이면 부리나케 대장내시경을 밀어 넣기 바쁘다. 그뿐만이 아니다. 구멍만 보이면 웬만한 저항쯤은 무시하고 죽자사자 우격다짐으로 밀어 넣는다. 저항에 부딪히더라도 아랑곳하지 않고 구겨 넣고, 쑤셔 넣고……. 하지만 그건 넣는 게 아니다. 앞으로 나아가는 듯 보일 뿐 실은 제자리걸음이요 용을 쓸수록 그만큼 내시경만 꼬이게 할 뿐이다. 밀어 넣어야만, 앞으로 나아가야만 목적지에 도달할 수 있는 것이기에 이들의 행동을 틀렸다고 할 수만도 없을 것 같다는 생각이 들기도 한다. 하지만 이렇게 해서는 결코 목적지에 다다를 수 없다. 초자와 달리 숙달된 의사는 내시경을 밀어 넣는 것 못지않게 뒤로 빼는 작업에도 엄청 공을 들인다. 넣는가 싶으면 빼고 빼는가 싶으면 넣는 게 그네들에게서 발견되는 공통된 테크닉이다. 얼마나 힘들여 이곳까지 들어왔는데 이제 와서 뒤로 빼다니? 그래서 초자라는 거다. 고수들이 내시경을 밀어 넣다 말고 뒤로 잡아 빼는 데는 다 이유가 있다. 내시경이 대장의 모양대로 구불구불 꺾여 들어가서는 결코 목적지인 맹장에 도달할 수 없다. 꺾여 있는 대장을 반듯하게 펴고 아코디언을 접듯이 길이를 단축시켜야만 목적지에 이를 수가 있다. 이런 과정이 없이는 누구라도 목적지에 이를 수가 없다. 바로 이런 이유 때문에 고수들은 수시로 내시경을 뒤로 잡아 빼는 것이다.

초자들이 보기에 뒤로 물러서는 거지, 사실은 대장을 낚아채 펴고 길이를 단축시키는 것이기에 앞으로 나아가는 거나 다름없다. 앞으로 나아가는 듯 보일 뿐 실은 제자리걸음이요 뒤로 물러서는 것 같으나 실상은 앞으로 나아가는 것이라니, 참으로 오묘하지 않은가? 앞으로 나아가고자 하면 과감히 뒤로 물러설 줄 알아야 한다는 것, 바로 그게 대장내시경을 자유자재로 다룰 수 있는 비법이자 노하우다.

대장내시경검사를 하다보면 문득 권토중래捲土重來란 말이 떠오를 때가 있다. 권토중래란 글자대로 해석하면 흙먼지를 말아 올리며 다시 돌아온다는 뜻으로, 출처는 당나라 시인 두목의 칠언절구 〈제오강정題烏江亭〉이란 시다. 〈제오강정〉은 31세의 나이에 자살로 생을 마감한 항우를 안타까이 여기며 두목이 오강의 객사에서 읊었다는 시로, 전문은 이렇다.

勝敗兵家不可期

包羞忍恥是男兒

江東子弟俊才多

捲土重來未可知

승패는 병가도 기약할 수 없으니

분함을 참고 욕됨을 견디는 것이 사나이라

강동의 자제 중에는 준재가 많으니

흙먼지 날리며 돌아오는 날을 알 수 없구나

한나라의 유방과 해하에서 운명을 건 한판 승부를 벌이던 초나라의 항우는 결국 패해 오강이란 곳으로 도망하게 된다. 그곳에서 항우는 정장으로부터 패한 것에 낙심하지 말고 고향인 강동으로 돌아가 인재를 양성하고 힘을 기른다면 권토중래捲土重來할 수 있으리란 충언을 듣게 된다.

하지만 분을 참지 못한 항우는 오강에서 스스로 목을 베어 자살하고 만다. 이 시를 읽고 있자면 나는 항우가 대장내시경을 다루는 데 있어 초자인 의사들과, 뒤로 물러나면 영영 앞으로 나아갈 수 없으리라 여기는, 꽤나 닮았다는 생각을 갖게 된다.

힘이 장사였을지는 몰라도 항우는 삶을 다루는 데 있어 초자였음이 분명하다. 후퇴하면서도 좌절하지 않고 '권토중래'의 미래를 내다볼 수 있었던 정장이야말로 어쩌면 진정한 고수다. 권토중래의 의미를 깨우치는 최고의 도장이 대장내시경실이라고 하면 나의 지나친 억측일까? 권토중래를 노래한 시인 두목이 다시 살아 대장내시경실을 찾는다면 탄성을 내지르며 대장내시경에 빗대어 항우의 어리석음을 노래하지 싶다.

대장내시경을 다루면서부터 나는 뒤로 물러남이 앞으로 나아가는 것 못지않게 중요함을 알았다. 뒤로 물러나는 것이 정작 앞으로 나아가는 것이요, 앞으로 나아가는 것이 실은 뒤로 물러나는 것일 수도 있음을 깨닫게 되었다. 이런 이치를 깨달았다 하면서 정작 나는 삶속에서 그저 앞으로 나아가려만 드는 것이니, 삶을 다루는 데 있어 나는 여전히 초자임이 분명하다.

그르누이를 꿈꾸는 자여

파트리크 쥐스킨트의 작품 중에는 《향수》란 소설이 있다. 많이 읽히는 책이라 하기에 잔뜩 기대를 하며 읽었는데, 책을 덮으면서 그다지 내 기억에 남는다거나 인상적인 구석이라곤 없었다. 나는 좋다 싶은 책은 결코 한번 읽는 것만으로 끝내는 경우가 거의 없다. 적어도 두 번 이상은 읽을뿐더러 책꽂이에서 쉽게 찾을 수 있게끔 겉표지에 굵은 매직으로 표시를 해두기까지 한다.

하지만 《향수》는 그런 책이 못 되었다. 사람마다 취향과 관점이 다르니까. 하지만 소설의 주인공 그르누이만큼은 또렷이 기억한다. 세상의 온갖 냄새를 맡으면서도 정작 자신은 냄새가, 체취가 없는 인간.

항문에서 나는 냄새 때문에 살 수가 없다며 병원을 찾는 이들이 간혹 있다. 아무리 자주 씻고 청결을 유지해도 냄새가 가시질 않는다며 난감한 표정을 짓는다. 자신이 앉았던 자리에선 악취가 진동한다고 한다. 이 정도면 정상적인 사회생활이나 대인관계는 끝이다. 이성을 만나 교제를 한다는 것 역시 꿈도 꾸기 어려운 일이다.

"어쩐 일로 오셨습니까?"

"항문에서 악취가 납니다."

50킬로그램이나 나갈까, 비쩍 마르고 신경질적으로 보이는 청년이 기어들어가는 목소리로 대답했다.

"항문에서 냄새가 나는 거야 당연한……."

내가 대수롭지 않은 듯 말꼬리를 흐리며 청년의 얼굴을 빤히 바라보자, 청년의 얼굴엔 실망한 기색이 역력했다.

"그게 아닙니다."

"그게 아니라뇨?"

"어찌나 냄새가 심한지 모두들 저를 피합니다."

선뜻 뭐라 대답하지 못한 채 나는 손가락으로 볼펜만 만지작거렸다.

"선생님, 고쳐주십시오. 학교조차 다닐 수가 없어 얼마 전 휴학을 했습니다."

"그 정돕니까?"

"사는 게 사는 게 아닙니다."

진찰 결과 청년의 항문엔 아무런 이상도 없었다. 바지를 내리게 한 후 진찰을 하는 내내 나는 별다른 냄새를 맡을 수가 없었다. 항문 괄약근도 팽팽히 조여져 있는 게 지극히 정상이었다. 환자의 둔부에 코를 들이대고 진찰을 해도 냄새를 맡을 수가 없는 것인데 무슨 수로 주변사람들이 악취가 난다며 피한다는 것인지 나로서는 이해할 수가 없었다.

"이상하군요. 항문엔 아무런 이상도 없고 냄새도 나질 않는데 말입니다."

"솔직히 말씀해 주십시오."

"제가 왜 거짓말을 하겠습니까?"

정상이라는 나의 말에 반색은커녕 청년은 잔뜩 미심쩍어하는 표정으로 자리에서 일어섰다. 나는 안다, 청년이 다른 병원을 전전할 것을.

늘 퀴퀴한 냄새가 난다. 하루 종일 환풍기가 돌아가는 탓에 그다지 노골적이진 않더라도 어쨌든 냄새가 난다. 어쩔 수가 없다. 겨울보다는 여름에 더하다. 환풍기로 안 되면 간호사들은 창문을 활짝 열어놓고 법석을 떨며 내 눈치를 살피기 바쁘다. 대장내시경실, 내 일터의 일상이다. 대장내시경실에서 만큼은 누가 되었든 구린 냄새에 익숙해진다. 얼굴을 찡그리거나 코를 틀어막으며 호들갑을 떨어대는 이들도 없다.

검사를 받느라 주입된 가스 탓에 여기저기서 방귀를 뀌어대기도 한다. 하지만 누구 하나 얼굴을 붉힌다거나 모르는 척 시치미를 떼는 이가 없다. 아리따운 아가씨가 되었든 나이 든 할머니가 되었든, 모두들 똑같은 반응을 보인다. 그리고 보면 환자복만큼 인간을 평등하게 만들어주는 것도 없지 싶다. 환자복만 입고 나면 너와 나의 구별이나 쓸데없는 우월감 같은 건 온데간데없이 사라지고 마니 말이다.

사람이 사람의 냄새를 풍기는거야 말로 너무나도 당연하고 지극히 정상적이란 생각이 든다. 굳이 감추려드는 게 문제라면 문제지. 향수가 처음 개발된 건 상대방에게 불쾌한 냄새를 풍기지 않으려는 의도에서였을 거다. 상대방을 배려하는 마음에서 향수가 개발되었을 거다. 하지만 세월이 흐른 지금에 와서는 상대방을 향한 배려는 온데간데없고 자신을 드러내고자 발악을 해대는 도구로만 사용되는 것 같은 인상을 받게 되는 것이니 씁쓸할 따름이다.

그러다 보니 사람은 향수냄새가 바로 자신의 냄새인 줄로 착각하게 되는 것이고, 어쩌다 상대방으로부터 불쾌한 냄새라도 맡을라치면 이내 상대방을 향해 얼굴을 찌푸리고 만다. 사자나 하이에나 같은 동물들도 냄새로 자신의 존재나 영역을 드러내는 것인데 무슨 이유로 인간은 기를 쓰며 자신의 냄새를 없애려드는 것인지 모르겠다.

세상이 대장내시경실 같았으면 좋겠다.

아무데서고 방귀를 뀌고 냄새를 풍기는 거야 분명 결례겠지만 너나 나나 방귀를 뀔 수밖에 없고 냄새를 피울 수밖에 없는 존재임을 인정하는 세상만큼은 되었으면 좋겠다. 말이 나왔으니 말인데 방귀 냄새나 사람의 체취가 문제될 건 없다. 다른 냄새가 문제가 되면 됐지. 이를테면 교만이니 허세니 위선이니 돈이니 하는 것들이 풍겨대는 악취 말이다. 향수를 개발한 사람들은 왜 이런 냄새를 말끔히 없애버릴 신제품은 개발하려 들지 않는지 모르겠다.

사람에게선 사람의 냄새가 나는 게 당연하다. 사람에게서 벤자민 향이나 사자의 냄새가 난다면 그거야말로 잘못 되어도 크게 잘못된 거다. 물론 그르누이처럼 아무런 냄새도 나지 않는다면 그 역시 지극히 비정상적인 거다. 자신의 항문에서 나는 냄새 때문에 살 수가 없다며 나를 찾아온 청년을 그냥 돌려보낸 내 처사는 분명 옳지 않다. 청년의 손을 이끌고 대장내시경실을 잠깐이라도 보여 줬어야 옳았다.

누구나 그랬다, 처음엔

개인이든 국가든 흥하고 쇠할 때가 있다. 욱일승천의 기세로 잘 나가는 개인이 있는가 하면 바닥으로 곤두박질치는 기업이나 국가도 있다. 세상에 존재하는 것치고 이를 비껴갈 수 있는 것이라곤 없는 것이기에 새삼스러울 것도 없다. 이는 비단 눈에 보이는 유형의 존재에만 적용되는 진리만도 아닌 듯하다.

사랑이나 우정같이 눈에 보이지도 않고 만질 수도 없는 무형의 존재에게도 예외 없이 적용되는 만고의 진리이지 싶다. 입만 열면 영원한 사랑이니 뭐니 떠들어대지만 사람이 모여 사는 세상에 영원한 것이 존재함을 믿는 인간이 몇이나 되겠는가. 롤러코스터 같이 오르락내리락, 들쭉날쭉하는 사랑만이 존재함을 알고 알아갈 뿐이지. 이럴진대, 암이라고 별수 있으려고. 지는 암이 있는 반면 뜨는 암이 있다는 얘기고, 뜨는 암 중 단연 눈에 띄는 놈이 대장암이라는 말을 하려다 보니 얘기가 길어졌다.

대장암은 가파른 상승곡선을 그리며 위로 치솟는 암임에 분명하다. 주식으로 말하자면 대장암이야말로 연일 상종가를 치는 우량주라고 할 수도 있겠다. 다른 암에 비해 대장암으로 운명을 달리하는 이들이 해마다 증가하고 있는 만큼, 뉴스나 잡지가 대장암을 얌전히 놔둘 리가 없다.

기자의 눈이 시인의 눈보다 날카로운 세상이다. 대장암의 원인으로 꼽는 것 중 단연 두드러지는 게 '식생활의 서구화'라는 것인데, 이런 이유로 뉴스나 잡지는 시청자나 독자들에게 식습관을 바꾸라고 아우성이다. 하지만 의사인 나는 식습관의 변화 때문만으로 대장암이 증가했다는 데에는 선뜻 동의하기 어렵다. 물론 틀렸다는 말도 아니다.

식습관의 변화도 대장암 환자의 증가에 일조한 게 사실이지만,

대장암을 잡아내는 진단기술의 발전 역시 무시할 수 없다는 얘기
다. 대장암을 색출해내는 진단기술이라 함은 대장내시경검사를 말
한다. 손쉽고 값싼 검사다 보니 누가 되었든 접근성이 용이하고
이로 인해 대장암이 많이 발견된 것 역시 대장암이 증가하게 되었
다고 해도 분명 틀린 말은 아니다.

증가추세에 있는 대장암에 신경을 곤두세우는 건 비단 일반 국
민만은 아니다. 의사들 역시 두 눈을 반짝거리며 촉각을 곤두세우
고 있다. 환자들이 우글거리는 곳으로 의사들이 꼬여드는 건 어쩌
면 너무나도 당연한 일인지 모른다. 자본주의 세상에선 지극히 당
연하고 자연스런 흐름일 뿐이다.

내가 일하고 있는 병원은 대장내시경검사를 많이 하는 편인지
라, 대장내시경검사를 배우겠다고 견학을 오는 의사들이 제법 있
다. 과거엔 대장내시경검사라고 하면 내과 의사들의 전유물이라고
할 수 있었는데, 지금에 와선 그렇지도 않다. 내과의사는 말할 것
도 없고 외과의사들 역시 의욕적으로 덤벼들고 있다.

하긴 병을 진단하고 치료하는 데 있어서 굳이 과科를 구분할 이

유가 무에 있겠는가. 내과의사면 어떻고 외과의사면 어떤가, 환자에게 득이 되면 그만이지. 말이 나왔으니 말인데 나는 개인적으로 의료가 너무 세분화되는 건 아닌가 하는 염려를 떨쳐버릴 수가 없다. 물론 이렇게 된 데에는 대수롭지도 않은 것을 가지고 굳이 금을 그으려 드는 의사들의 책임이 가장 크다.

대장내시경검사와 같은 기본적인 검사가 어느 과의 전유물이 되어서는 곤란하며 그럴 필요도 없다는 게 평소 나의 생각이다. 14년 전 일본에 갔을 때만 하더라도 나는 한국에서 그토록 고집하는 과의 경계가 허물어지고 있음을 똑똑히 목격할 수 있었다. 내과니 외과니 하는 전문분야의 의사가 아닌 질병단위로 의료가 재편성되고 있음을 볼 수 있었다.

당시 우리나라에서는 내과의사가 대장암을 진단하고 수술은 외과의사가 담당하는 격이었다. 진단 따로, 치료 따로. 하지만 일본에서는 대장암을 진단하고 치료하는 일 모두를 외과의사가 담당하고 있었다. 어느 것이 더 합리적이라고 할 수 있을까. 당시에도 그렇고 지금에 와서도 나는 후자가 더 합리적이라고 생각한다. 진단과 치료가 동시에 가능한데, 굳이 과를 구분해 환자에게 불편을 끼칠 이유가 없질 않는가.

어쩌면 이와 같은 의료의 재편성은 너무나도 당연하고 불가피한 현상인지도 모른다. 기업이 되었든 병원이 되었든 고객에게 최대한 만족을 주는 쪽으로 모든 것이 흘러갈 수밖에 없는 게 자본주의의 생리이니까.

하다못해 찜질방에만 가도 씻고 먹고 마사지받고 게임하고 자는 게 다 해결되는 판인데, 병원이라고 별수 있겠는가. 아무튼 지금에 와서는 외과의사에게 있어서도 대장내시경검사는 숙지해야할 기본적인 검사가 되었다. 내가 일하고 있는 병원으로 견학을 오는 의사들의 비율만 보더라도 내과의사보다는 외과의사가 월등히 눈에 많이 띄는 것이니, 세상 참 많이 변했음을 실감하게 된다.

1시간이 넘게 헛손질이다. 좀처럼 앞으로 나아갈 줄을 모른다. 앞길은 뻥 뚫려 있는데, 떡하니 버티고 서서 막는 놈 하나 없는데 내내 제자리걸음이니 이보다 더 갑갑한 일도 없다. 골프장에서 친구들로부터 자주 듣던 변태란 말이 불쑥 떠오른다. 정해진 타수만에 구멍으로 공을 집어넣어야 하는데 아깝게 공을 집어넣지 못해 한 타 잃는 것을 골프용어로 보기(boggy)라고 한다.

이럴 경우 보기(boggy)만 할 뿐 구멍으로 공을 집어넣지는 못한다 하여 우스갯소리로 변태라며 놀리기도 하는 것인데, 대장내시경검사를 시행하고 있는 내가 꼭 그 짝이다. 뻥 뚫린 대장 안을 들여다보기만 할 뿐 좀처럼 대장내시경을 집어넣지는 못하고 있으니 말이다.

아프다며 소리소리 지르며 짜증을 부리던 환자도 지쳐 녹초가 된 지 오래다. 내 곁에서 검사를 돕던 간호사도 한심하다는 듯 냉소를 흘리다가는 그것도 지쳤는지 연방 고개를 돌려가며 슬쩍슬쩍 하품질이다. 이쯤 되면 내가 대장내시경에 왜 손을 댔는가, 하는 후회가 물밀듯 밀려든다.

굳이 이 고생을 자초할 필요가 있을까 하는 후회 섞인 한숨과 함께 당장에라도 대장내시경을 때려치웠으면 하는 바람뿐이다. 이러지도 저러지도 못하는 내 처지를 보다 못한 의사가 손을 바꾸자며 내 자리를 차지하고는 채 5분도 되지 않아 검사를 마치고는 내게 '썩소'를 흘리고는 총총 사라진다. 허걱! 처음엔 누구나 다 그렇다는 의사의 진심어린 격려에도 내 마음은 쉬이 위로를 얻지 못한다. 의사야 그렇다 치더라도 경멸에 찬 시선으로 힐끗힐끗 나를 쏘아보는 간호사는 어쩌란 말인가. 의사로서 체면이 구겨지고 망가진 지 이미 오랜데 무슨 낯으로 간호사를 바라볼 수 있겠느냔 말이다.

까짓것, 간호사도 의료인이니만큼 같은 식구끼린 그럴 수 있다 치자. 하지만 환자는, 무슨 낯짝으로 환자의 얼굴을 볼 수 있겠느냔 말이다. 대장내시경에 손을 대기 시작할 무렵 의사인 나를 가장 비참하게 만드는 건 의사도 간호사도 아닌 환자였다. 아프면 환자가 소리를 지를 수도 있다. 신경질을 내며 짜증을 부릴 수도 있다. 환자에게 미안한 마음이 드는 건 사실이지만 나 역시 그저 그러려니 할 뿐이다.

하지만 환자가 "지난번 검사 땐 이렇게 아프지 않았는데……." 하며 내 얼굴을 빤히 올려다볼 땐 그야말로 당장에라도 내시경이고 뭐고 다 때려치우고 달아나고 싶은 심정이 된다. 동료나 선배 의사들로부터 무시를 당하는 거야 그렇다 하더라도, 환자에게까지 무시를 당하며 배워야 하는 게 대장내시경검사라는 것이니 이보다 잔인한 일이 또 어디 있으려고. 이런 이유 때문인지, 대장내시경검사를 배우겠다고 견학을 온 의사 가운데 실제로 대장내시경검사를 시행하는 의사는 그리 많지 않다. 이런 이들을 이해 못하는 거야 아니지만 안타까운 마음이 드는 것 또한 사실이다.

대장내시경검사를 배우자면 우선은 뻔뻔스러워야 한다. 나를 비웃는 듯한 동료나 간호사 심지어 환자의 시선과 말로부터 눈과 귀를 닫아야 한다. 못 본 척, 못 들은 척하며 미련스럽게 한 걸음 한 걸음 뚜벅뚜벅 걸어가야 한다. 하긴 이런 게 어디 대장내시경검 사를 시작하는 초보자들에게만 요구되는 자질이려고. 사실 남들의 시선이나 비아냥거림을 이유로 포기한다는 것은 어찌 보면 핑계가 아니다. 그건 오만이자 교만이다. 무슨 근거로 초보자라면 누구나 거쳐야 할 과정을 자신만은 훌쩍 뛰어넘을 수 있으리라 생각한단 말인가. 우리가 말하는 대가란 사람들은 어찌 보면 누구보다도 상 처와 아픔을 많이 겪고 간직한 사람들일지 모른다. 수려하고 빼어 난 명산일수록 골짜기는 깊고 험한 것처럼. 서투른 것은 죄가 될 수 없어도 오만과 교만은 치명적인 죄다. 하여 이런 저런 이유로 중도에 포기함으로써 교만이라는 엄청난 죄를 범하는 일만은 피하 는 의사가 되어야 하지 싶다.

대장내시경검사를 시행하는 의사가 혹여 초보자가 아닌가 하는 의심이 들더라도, 환자분들이여 묵묵히 의사에게 몸을 맡기시라. 당신이 혹여 1년 후 다시 그 의사에게 내시경검사를 받게 되는 일이 생긴다면, 당신도 의사의 숙달된 손놀림에 놀라게 될 것이다.

당신의 따뜻하고 친절한 마음 씀씀이로 인해 이렇듯 유능한 의사가 만들어질 수 있었음을 미소 띤 얼굴로 즐길 수 있다면 이 또한 살아가는 재미가 아닐는지. 숙달된 손놀림을 자랑하며 껍죽대기 전에 겸손하시라. 지금의 당신이 있기까지 엄청난 불편과 고통이라는 대가를 지불한 환자가 있었음을 알고.

환자도

의사도

아니 누가 되었든

한세상 살아가자면

알아야 한다.

처음엔

누구나 그랬다는 걸.

레닌의 동상이 무너지던 날

소련이 붕괴될 줄은 몰랐다.

레닌의 동상이 그렇듯 허무하게 무너져 내릴 줄은 몰랐다.

부모님이야 말할 것도 없고 친구들이며 옆집 아저씨며 만나는 이들마다 축하의 인사를 건네기 바쁘다. 축하한다고, 의사가 되었으니 이제 걱정 끝이라고. 어떻게 해야 자식을 의사로 키울 수 있느냐는 이웃집 아주머니들의 시샘 어린 질문공세에 어머니는 귀찮을 정도가 된다.

그렇듯 부러움과 찬사를 한 몸에 받으며 시작된다, 의사로서의 생활은. 하지만 이건 어디까지나 병원 밖에서 일어나는 해프닝이지 병원 안이라면 사정은 백팔십 도 달라진다. 안과 밖이 그렇게 다를 수가 없다. 의사로서 첫발을 내딛는 인턴이나 레지던트의 생활은 그야말로 공갈빵과 같다고 할 수 있다. 보기엔 엄청 커 보이는데 실은 속이 텅 비어 있어 먹을 게 없는 공갈빵. 안과 밖이 너무나도 다른.

인턴을 삼신三神이라 한다. 잠자는 데 있어선 귀신, 먹는 데 있어선 걸신, 일하는 데 있어선 등신. 한마디로 인간 같지 않은 삶을 산다는 얘기다. 하지만 이보다 더 비참한 삶을 사는 이가 있으니 바로 외과 레지던트 1년차다. 인턴이야 의사가 갓 되어 이것저것 기본적인 것을 두루두루 익히는, 의사로 따지면 그야말로 막내라 할 수 있기에 어느 정도의 실수나 서투름은 묵인될 수도 있다. 하지만 레지던트 1년차는 사정이 다르다.

전문의가 되기 위한 과정인 만큼 실수나 '적당히'라는 말은 용납되지 않는다. 하지만 지금 와서 돌이켜보면 레지던트 과정이 꼭 그래야만 하는 것인지에 대한 의구심이 든다. 가혹하리만치 버거운 노동이야 그렇다 치더라도 무모하리만치 비합리적이고 비이성적인 일들이 허구한 날 되풀이되었던 것이니, 당시야 말할 것도 없고 지금에 와서 생각해봐도 쉬이 납득이 가질 않는다. 가장 합리적인 전문가 집단이어야 할 의사들이 트레이닝이라는 미명 아래 그토록 몰상식한 집단으로 돌변할 수 있다는 사실에 새삼 진저리를 치게 된다.

내가 외과 레지던트 생활을 시작할 때만 하더라도 100일 당직이란 게 있었다. 말 그대로 100일 동안 외출이나 외박이 허용되지 않았다. 마침내 100일 당직을 마치고 집으로 향하는 버스에 오르면 나만 두툼한 옷이었다. 봄이라고 모두들 상큼하고 가벼운 옷차림인데 반해 나만 우중충하고 두툼한 겨울 복장이었다. 집으로 향하는 내내 야릇한 눈으로 힐끗힐끗 나를 바라보는 주변사람들의 따가운 시선을 감수해야만 했다.

레지던트 1년차에게 있어선 딱히 먹는 시간이나 자는 시간이 정해져 있지 않았다. 항상 일이 우선이었고 먹는 거나 자는 것은 그 다음 문제였다. 그렇다보니 일이 끝나지 않은 경우, 먹는 거나 자는 것은 전혀 고려할 대상이 못 되었다. 모든 결정권과 권한이 오로지 한 개인에게만 주어진다면 그보다 위험한 것도 없다. 한데 이런 위험천만한 일이 공공연히 자행되는 곳이 다름 아닌 외과의국이란 곳이었다. 외과 레지던트의 수장인 의국장은 그야말로 무지막지한 힘을 자기 꼴리는 대로 마구 휘둘러댔다.

레지던트에게 있어선 의국장이 곧 법이었다. 언제 식사를 해야 할지, 뭘 먹어야 할지, 수술에 참여해야 할지 아니면 병동에 남아 있어야 할지, 응급실 커버는, 외박은……, 이와 같은 결정을 내리는데 있어 상당 부분이 의국장의 손에 쥐어져 있었다. 이렇기에 의국장이 어떤 사람인가에 따라 의국의 분위기는 말할 것도 없고 개인의 사생활까지도 지대한 영향을 받을 수밖에 없었다. 물론 이건 내가 레지던트 수련과정에 있던 1990년대 초반의 얘기지 지금은 많이 달라진 듯 보인다.

가끔 학교에서 후배들과 만나 대화를 나눠보면 후배들 대부분이 대체로 밝고 경쾌하다. 심각한 구석이라곤 좀처럼 찾아보기가 어렵다. 선배라 해서 지나치다 싶을 정도의 예의를 갖추는 일도 없다. 그래서 좋다. 나는 개인적으로 심각해 보이는 사람들을 싫어한다. 싫어하는 정도가 아니라 심각함이야말로 인간이 범하는 가장 큰 범죄 중 하나라 여긴다. 지나고 보면 심각한 일도 없고 결국 그게 삶인지도 모르는데, 왜들 그리 진지한 얼굴들로 무겁게 살아가는 것인지, 아무튼 나는 그런 인간들을 경멸한다. 부담스러울 정도로 예의를 갖춘 채 내게 다가오는 사람도 싫다.

그런 후배라면 자신들이 선배가 되었을 때 부지불식간에 후배로부터 그런 대우를 받기를 원하지 않겠는가 하는 생각이 들기 때문이다. 선후배간이 되었든, 스승과 제자 사이가 되었든, 원장과 직원 사이가 되었든, 어떤 관계가 되었든 그저 경쾌하고 가벼웠으면 좋겠다.

머리를 조아리고 격식을 차리기보다는 그저 가볍게 미소짓는 관계가 되었으면 좋겠다. 인간은 평등하다고 한다. 너와 내가 다를 게 없다고들 말한다. 그렇다면 굳이 가볍고 경쾌하게 살지 못할 이유 또한 없는 게 아닌가. 아무튼 무턱대고 복종하기에만 급급했던 우리와는 사뭇 다른 후배들을 보고 있자면 여간 좋은 게 아니다. 나까지 덩달아 몸도 마음도 가벼워지는 것만 같다.

레지던트 1년차의 업무 중에는 수술팀의 밥을 챙기는 것도 포함
되어 있었다. 덧가운에 마스크, 모자를 착용하고는 수시로 수술실
을 들락거리며 수술이 끝나는 시점에 맞춰 밥을 시켜야만 했다.
물론 그 시기나 메뉴는 의국장이나 고참 레지던트에 의해 결정되
었다.

그날도 수술은 길어지고 있었다. 주임교수와 함께 수술실로 들
어간 의국장은 저녁 8시가 되어서도 병동에 나타날 줄 몰랐다. 의
국장이 있어야 다음날 환자에게 내릴 오더를 받을 수 있고 일도
대충 마무리지을 수 있는 것이었기에 의국원들은 의국장이 수술실
에서 나오기만을 기다리며 모두들 병동에서 대기하고 있는 상태였
다.

"야, ○○○! 수술이 어느 정도 진행되고 있는지 빨리 가서 알아
봐."

레지던트 1년차에게 3년차의 오더가 떨어졌다. 1년차는 부리나
케 수술실로 향했다.

"어느 정도 진행됐디?"

"아직 끝나지 않았습니다."

"뭐? 누가 너보고 수술이 끝났는지 알아보고 오라고 했냐. 수술이 어디쯤 진행되고 있는지 알아보고 왔어야 할 거 아냐."

"그게……."

1년차는 의국 문을 등지고 선 채 잔뜩 주눅이 든 목소리로 버벅대고 있었다. 수술에 참여하더라도 뭐가 뭔지 똥오줌도 못 가리는 게 1년차였다.

"관두자. 너한테 시킨 내가 미친놈이지."

3년차는 한심한 눈초리로 1년차를 쳐다보며 끌끌 혀를 찼다.

"배는 닫고 있디?"

"아닙니다."

모처럼 확신에 찬 어조로 1년차가 대답했다.

"젠장, 도대체 뭘 하고 있기에 아직까지……. 야, XXX! 니가 갔다 와봐. 가서 의국장한테 살짝 물어봐. 언제쯤 수술이 끝날지, 밥은 언제 시킬지."

3년차는 잔뜩 짜증스런 투로 이번엔 2년차인 내게 오더를 내렸다.

"아홉시 반쯤에 자장면을 시켜놓으랍니다."

수술실에서 돌아온 나는 3년차에게 의국장의 오더를 전했다.

"들었지? 시간에 맞춰 자장면 시키는 거 잊지 말고, 나가서 일들 하지."

병동에 남아 있는 레지던트들은 레지던트들대로, 수술에 참여하고 있는 레지던트들은 수술이 끝나는 대로 자기들끼리 식사를 하면 그만인 것을, 그땐 왜 그 모양으로 밥을 해결해야만 했던 건지. 지금 와서 생각해봐도 도무지 납득이 가질 않는다. 죽고 못 사는 연인도 아니면서 밥만큼은 기어코 함께 먹어야겠다는 미스터리를. 어쨌거나 자장면은 아홉시 반쯤 의국으로 배달되어 왔고, 의국장은 아홉시 오십분이 다 돼서야 의국에 나타났다.

"야 새끼들아, 이걸 먹으라는 거냐!"

자장면은 비빌 수도 없을 만큼 불어터져 있었다. 의국장의 입에선 욕지거리가 쉴 새 없이 튀어나왔다.

"니들은 도대체 뭐하는 놈들이냐? 병동에서 빈둥빈둥 놀고 있으면서 밥 하나 제대로 챙겨주지 못하고."

모두들 고개를 숙인 채 침통한 표정으로 앉아 있을 뿐 입을 여는 이라곤 없었다. 이런 와중에 3년차가 1년차를 향해 넌지시 눈짓을

했다.

"아홉시 반에 시켜놓으라고 하시기에……."

3년차의 의도를 파악한 1년차가 기어들어가는 목소리로 변명을 늘어놓았다.

"뭐?"

당장에라도 자장면 그릇을 집어던질 듯 의국장이 표정이 험악해졌다.

"아홉시 반쯤이라고 했지, 누가……. 니들이나 많이 처먹어라, 새끼들아!"

의국장은 신경질적으로 자장면 그릇을 테이블 위에 내동댕이치고는 씩씩거리며 의국을 빠져나갔다.

의국 창가에 놓여있는 TV에서는 무너진 레닌동상 위에서 발을 구르며 환호하는 젊은이들의 모습이 계속해서 흘러나오고 있었다. 1991년, 소련이 붕괴되고 레닌 동상이 고꾸라지던 날, 레지던트 2년차였던 나는 불어터진 자장면 앞에 앉아 있었다.

2부

세상에 이런 일이

거창한 구호나 목표 따윈 잊은 지 오래다. 이 때문인지 나는 서점에 들러도 꾸준히 팔린다는 자기계발서 따위엔 눈길 한번 주는 적이 없다. 성공하기 위해서 대인관계를 이렇게 하라는 둥 시간 관리는 저렇게 하라는 둥, 물론 도움도 될 테지만 피곤만 보탤 뿐이란 생각이 든다.

물론 나라고 해서 이렇게 살았으면 하는 바람 하나 없는 건 아니다. 남은 생을 지루하고 따분하지 않게 살았으면 하는 게 나의 바람이자 삶의 목표다. 따분한 아빠, 지루한 남편, 고리타분한 이웃으로 살지 않았으면 더 이상 바람이 없겠다. 세상 역시 지루함으로 넘쳐나고 따분함으로 충만한 것만 같다. 인터넷이 정보의 바다라고? 천만에. 내 눈엔 지루하고 따분함을 못 견뎌하는 인간들이 절규하는 몸부림의 바다로만 보인다. 어째 말이 길어졌다. 각설하고 지루하고 따분한 이들을 위해 퀴즈 하나를 소개하니, 잠시 머리를 식혀보시길. 꾸며낸 얘기가 아니라 의사로서 내가 자주 겪는 일임을 염두에 두고 문제를 풀어보시길.

20대, 40대, 60대의 환자가 내게 진찰을 받으며 던지는 얘긴데 누구의 대사인지를 알아맞히는 문제다. 세 명의 환자는 모두 여자다.

나 : "진찰대로 올라가 모로누운 후 바지를 조금만 내려주시겠습니까?"

환자 ㄱ : "좀 그러네요." (비교적 덤덤한 편이다.)

환자 ㄴ : "자세히 봐주세요." (전혀 부끄러워하는 기색이 없다.)

환자 ㄷ : "민망해서." (주저하며 진찰받길 꺼려하는 기색이 역력하다.)

'………?'

'………?'

'………?'

다들 푸셨는가? 정답을 공개하니 각자 채점들을 해보시라.
(정답) 환자 ㄱ : 40대, 환자 ㄴ : 20대, 환자 ㄷ : 60대

서프라이즈!

정답을 맞힌 이가 많지 않지 싶다. 문제를 낸 나 역시 처음엔 많이 당황해하고 의아해했으니까. 환자들의 반응이 내가 생각한 것과는 달라도 한참 달랐으니까. 언뜻 생각하면 20대의 젊은 여자들이야말로 가장 부끄럼을 많이 타며 진찰받기를 주저할 것만 같지 않는가? 하지만 예상과는 달리 대부분의 20대 여성 환자들은 부끄러워하는 기색을 내비치기는커녕 오히려 당당한 경우가 대부분이다.

정작 민망해하며 한사코 진찰대 위로 올라가길 꺼려하는 환자

는 60대인 경우가 많다. 넌센스 같기도 하지만 가만 생각해보면 그리 어려운 문제만은 아닌 것도 같다 (정답을 보고 나면 늘 그런 생각이 들지). 연령대별로 환자들이 던지는 대사는 어쩌면 그들이 살아왔거나 살아가는 삶의 방식을 반영하는지도 모르겠다.

자신보다는 남의 눈높이에서 바라보는 삶이 우리네 할머니들의 삶이었다면, 남이야 어찌 되든 자신의 눈높이로 세상을 이해하려 드는 세 요즘 젊은 여성늘의 삶이 아닐는지. 이런 유추가 가능하다면 정답을 의외로 쉽게 찾을 수도 있었지 싶다. 내게 항문진찰을 받는 대부분의 할머니들은 하나같이 내게 미안하다고 한다. 좋지 않은 곳을 보여줘서.

그래서 그토록 진찰대 위로 올라가기를 꺼려하는 것이다. 머리를 식혀주려는 알량한 의도에서 문제를 낸 건데, 괜히 헷갈리게만 한 건 아닌지 살짝 걱정이 된다. 아무튼 들어본 적이 없는 문제였을 테고 그렇다면 적어도 신선한 느낌 정도는 받았지 싶다. 그것만으로도 나는 만족이다.

내게 진찰을 받는 환자들 중 할머니들이 가장 부끄럼을 많이 탄다는 사실은 언뜻 생각하면 분명 납득하기 어려운 구석이 있다. 하지만 내게는 이보다 더 이해하기 어려운 게 또 하나 있다. 이해하기 어려운 정도가 아니라 아예 불가사의할 정도다. 간혹 이삼십 대의 젊은 애기엄마들에게서 대장암이 발견되기도 하는데, 나는 이들을 도무지 이해할 길이 없다.

젊은 애기엄마들이 누군가. 평소보다 묽다 싶으면, 되다 싶으면, 색깔이 이상하다 싶으면 기저귀를 풀어헤치고 아이가 눈 똥을 샅샅이 살피는 이들이 아닌가. 어디 그뿐인가, 아이가 눈 똥에 코를 처박고는 쿵쿵거리며 냄새를 맡고 심지어는 맛을 보기까지 하는 이들이 아닌가. 그런 이들이 정작 자신의 똥에는 그리도 무관심한 것이라니. 아이가 눈 똥에 기울이는 관심의 1/10만 자신의 똥에 관심을 가졌더라도 대장암 환자가 되진 않았을 거란 생각을 하면 안쓰러움을 넘어 울화가 치민다. 넌센스도 이런 넌센스가 없다. 애기 똥에 촉각을 곤두세우는 우리네 엄마들이여, 제발 당신들의 똥에도 관심을 가지시라. 아주 약간만이라도.

새옹지마塞翁之馬 노인지분老人之糞

　　새옹지마塞翁之馬란 고사성어가 있다. 글자 그대로 해석하면 새
옹이란 사람의 말이란 뜻인데, 좋은 일이 있으면 나쁜 일도 있고
나쁜 일이 있으면 좋은 일도 있다는 의미로 쓰이는 말이다. 불행이
행복이 될 수도 있고 행복이 불행이 될 수도 있다는 말이다. 화가
복이 될 수도 있고 복이 화가 될 수도 있다는 말이다.

　　거 있잖은가, 로또 복권에 당첨되었다가 오히려 인생 종치기도
하는. 결국 한치 앞도 내다보지 못한 채 살아갈 수밖에 없는 존재
가 인간이기에, 불행이 닥쳤다고 해서 쉬이 낙담하지도 말 것이며
행복이 찾아들었다고 해서 우쭐해하며 어깨에 잔뜩 힘을 주지도

말라는 얘기다. 가슴 깊이 새겨두고 틈틈이 음미하는 것만으로도 롤러코스트 같은 인생을 살아가는 데 있어 적잖은 위안이 되는 가르침임에 틀림없다.

고사성어 하나가 웬만한 친구보다 낫지 싶다. 죽 끓듯 변덕이 심한 인생을 살아가자면 누가 되었든 세옹과 유사한 경험을 한두 가지쯤은 겪게 되리란 생각이 든다. 물론 나 역시 그런 경험을 가끔 하게 되는 것인데, 어쩌면 직업이 의사인 탓에 남들보다 더 빈번히 목격하게 되는지도 모르겠다.

백발이 성성한 할아버지가 진찰실로 들어섰다. 할아버지라 부르기가 민망할 정도로 환자의 풍채는 우람했고 체구도 젊은 사람 못지않게 단단해 보였다. 배를 움켜쥔 채 잔뜩 허리를 구푸리고 있는 걸로 보아 갑작스레 복통이 생겨 병원을 찾았음을 나는 한눈에 짐작할 수 있었다.

"똥이 안 나옵니다. 관장 좀 해주십시오."

환자는 내게 짤막하게 증상을 말하고는 친절하게도 치료방법까지 일러주었다. 요즘엔 그런 환자를 심심찮게 본다. 진찰결과 환자의 판단이 옳았다. 딱딱해진 똥이 직장을 그득 메우고 있는 탓에 똥은 말할 것도 없고 가스조차 제대로 빠져나올 수 없는 형국이었다. 복통이 생기는 건 당연했다. 할아버지가 일러준 대로 나는 급히 관장을 시행하라 간호사에게 지시를 내렸다. 관장을 하고 화장실에 다녀온 환자는 언제 복통이 있었냐는 듯 이내 멀쩡한 모습이었다.

"편해졌습니다. 가도 될 것 같은데."

화장실에서 돌아온 환자가 이번에도 역시 나를 재촉했다. 환자는 뭔가에 쫓기는 듯 서두르는 기색이 역력했다.

"증세야 좋아졌지만 왜 그와 같은 일이 생기게 되었는지 원인은 찾아봐야 할 것 같습니다."

"당장 원인을 찾아야 할 정도로 급한 겁니까?"

환자가 난감한 표정을 한 채 내게 물었다.

"무슨 일 있으세요, 어르신?"

환자에게 뭔가 사연이 있는 듯 보였기에 나는 묻지 않을 수 없었다.

"실은 밖에서 회원들이 기다리고 있습니다. 오늘 모임이 있어

관광버스를 대절해서 목적지로 가는 중이었는데 갑자기 배가 끊어질 듯 아파 잠깐 차를 세우게 하고는 병원으로 뛰어든 겁니다. 내가 빠질 수 있는 입장이 못 돼서……."

"그러세요?"

"물론 의사 선생님이 안 된다고 하면 하는 수 없겠지만……."

일방적으로 당신의 주장만 펴는 게 예의가 아니다 싶었던지 이번에는 할아버지가 한발 물러서는 눈치였다.

"놀러가지 못하실 이유가 없습니다. 어르신, 가서 약주도 한잔하시고 즐거운 시간 보내세요."

"정말 그래도 되겠습니까?"

순식간에 환자의 얼굴 전체로 환한 미소가 번졌다.

"하지만 저와 약속을 한 가지 해주셔야겠습니다. 빠른 시일 안에 병원에 다시 오셔서 대장내시경검사를 받아보겠다고 약속해주십시오."

"내 반드시 그렇게 하리다."

"좋은 시간 보내세요, 어르신."

동료들과 함께 떠나는 모처럼 만의 즐거운 여행을 방해할 이유나 권리가 내게는 없었다.

며칠 후 할아버지는 나와의 약속대로 병원을 다시 방문했다. 할머니까지 대동하고. 지난번과는 달리 말쑥한 양복차림이었는데 올백으로 넘긴 머리와 그렇게 잘 어울릴 수가 없었다. 할아버지를 바라보고 있자니 나도 할아버지처럼 저렇듯 근사하게 늙을 수 있었으면 하는 바람이 일었다. 나는 어르신께 대장내시경검사의 필요성을 설명한 후 검사 날짜를 예약해드렸다. 다음날 시행한 대장내시경검사 결과 에스상결장에서 어른 새끼손가락만 한 크기의 용종이 발견되었다.

용종은 기다란 줄기 끝에 딸기가 매달려 있는 모양을 하고 있었다. 줄기가 있는 용종이었기에 내시경을 이용해서 용종을 제거하는 것은 그다지 어렵지 않았다. 용종을 발견하고 제거했으니 남은 건 조직검사결과를 기다리는 일뿐이었다.

닷새 후 내게 보고된 조직검사결과지에는 '대장 선암'이라 명확히 기록되어 있었다. 순간 가슴이 덜컥 내려앉았다. 하지만 그것도 잠깐, 곧이어 나는 안도의 숨을 내쉴 수가 있었다. 읽어 내려가다 보니 용종의 끄트머리만 살짝 침범한 대장암이라 적혀 있었기 때문이었다. 완전 초기 대장암. 완전 기분 좋은 암. 암이라 하지만 밉기는커녕 사랑스럽기만 한 대장암. 암이 진행된 경우에는 내시경으로 용종을 제거했다 할지라도 배를 열고 대장의 일부와 주변 조직을 제거해야만 했다. 경우에 따라서는 항암요법이나 방사선 치료를 해야 하는 경우도 흔했다. 하지만 어르신에게서 발견된 것과 같은 초기 대장암의 경우 용종절제술 하나만으로 충분했다. 대장내시경을 하는 보람은 바로 이런 데 있었다. 초기의 대장암을 찾아내어 따끔하게 혼내주는. 단 한번의 시술로 끝장을 보는. 나는 부랴부랴 어르신께 전화를 드렸다.

"조직검사결과가 나와 전화 드렸습니다."

"그래, 어떻게 나왔습니까?"

"좋은 소식도 있고 나쁜 소식도 있습니다."

"……"

잠깐 동안 수화기 너머로 침묵이 흘렀다.

"그래요? 그럼 어디 나쁜 소식부터 말해 보시구려."

심각하지 않은 나의 어조 때문인지 수화기 너머로 전해지는 어르신의 목소리는 덤덤하기만 했다.

"나쁜 소식은 조직검사결과가 암으로 나왔다는 거고 좋은 소식은 초기암이라는 겁니다. 워낙 초기에 발견되어 더 이상의 어떤 조치도 필요치가 않습니다."

"어이구, 그래요. 감사합니다. 이 신세를 어떻게 갚아야 할지……."

"축하드립니다, 어르신. 조금만 늦었어도 큰일 날 뻔하셨습니다."

"결국 똥이 나를 살렸구먼."

"그런 셈입니다, 어르신."

할아버지가 지인들과 함께 관광버스를 대절해서 아무 일 없이 기분 좋게 모임에 다녀왔다면, 그러니까 갑작스런 복통이 일어나지 않았더라면 어찌되었을까? 하필이면 이때 배가 아플 게 뭐냐며 서운해 했을 할아버지의 모습이 눈에 선하다. 어찌되었든 할아버지가 10년, 20년 더 천수를 누릴 수 있게 됨은 전적으로 '똥' 덕분이다. 그날 똥으로 인해 야기된 복통만 없었다면, 할아버지의 인생 스토리는 우울하고 참담하게 끝을 맺었을 가능성이 높다. 결국 암이 한참 진행된 후에 병원을 찾으셨을 테니까.

이쯤 되면 새옹지마塞翁之馬란 고사성어에 빗대어 노인지분老人之糞이라 일컬을 만하지 않는가.

수면내시경과 붕어빵

단지 이름 때문에 벌어지는 해프닝도 많다. 언젠가 나는 TV 프로를 보면서 배꼽이 빠져라 웃은 적이 있다. 출연자들이 돌아가며 자신이 겪었거나 들었던 재미있는 에피소드를 소개하는 프로였다.

출연자 중 한 사람이 심야시간에 영국 프리미어 프로축구를 보면서 자신이 겪었던 얘기를 모두에게 들려줬다. 영국 프리미어에 소속된 프로축구 클럽 중에 첼시라는 팀이 있다. 지금은 은퇴하고 없지만 첼시를 명문구단으로 이끈 주역을 꼽으라면 우선 지안프랑코 졸라(Gianfranco Zola)를 떠올릴 만큼 졸라는 대단한 선수였다.

168cm의 단신이었지만 그의 빠른 돌파와 간결한 패스는 마라도

나에 견줄 만큼 가히 일품이었다. 그가 첼시에서 현역으로 뛰던 시절, 한국의 아나운서가 게임을 중계하면서 날리는 멘트가 이랬단다.

"졸라 공을 잡았습니다."

"졸라 뜁니다."

"졸라 슛!"

"졸라 아깝습니다. 살짝 빗나가는군요."

나는 개인적으로 졸라가 한국 프로축구 팀에서 뛰었으면 하는 바람이다. 그렇게만 된다면 그의 뛰어난 기량을 마음껏 감상할 수 있을 뿐만 아니라, 해설가의 멘트를 들으며 배가 터져라 웃을 수도 있을 테니까. 축구도 관람하고 시름도 잊고, 도랑 치고 가재 잡고. 이 일이 있은 후부터 이름 때문에 벌어지는 해프닝을 들라면 단연 나는 졸라라는 이름을 떠올리게 된다.

졸라만큼은 아니더라도 수면내시경 역시 이름으로 인해 오해를 불러일으키는 경우가 많음을 나는 자주 목격하게 된다. 수면내시경이란 이름 때문에 아무것도 모른 채 자면서 받을 수 있는 검사이겠거니 생각하는 이들이 의외로 많다.

"수면이라더니, 이게 뭐야. 나 아직 잠 안 들었다구, 의사 양반!"

"아파 죽겠다구. 잠들면 검사를 해야 할 거 아냐!"

"수면이라더니, 이거 순 사기에다 생쑈 아냐!"

"멀쩡하기만 한데, 수면은 무슨. 수면내시경에 든 비용은 돌려달라구!"

이 정도는 아무것도 아니다. 홈페이지에 글을 올려 병원을 비방하는 것으로도 모자라 시 보건소나 도청에 고소하겠다며 으름장을 놓는 이들도 간혹 있다. 축구 선수 졸라로 인해 박장대소하는 나는 수면내시경 때문에 졸라 곤혹을 치르곤 한다.

수면내시경검사는 말 그대로 잠에 곯아떨어진 상태에서 받는 검사가 결코 아니다. 수면내시경검사를 목적으로 사용하는 약제로는 미다졸람Midazolam과 프로포폴Propofol이 있는데, 미다졸람이 보다 안전하기 때문에 프로포폴보다는 널리 사용되고 있다. 축구 선수 졸라에 푹 빠진 나는 간혹 간호사에게 오더를 내릴 때 '미다졸람' 대신 '미다졸라'라고 발음하기도 하는 것인데, 나와 같은 실수는 범하지 않길. 미다졸람은 중추신경계에 작용하여 진정, 불안 해소, 최면 효과를 유도하는 약제다. 심혈관계와 호흡계에 미치는 영향이 적기 때문에 비교적 안전한 약제로 알려져 있다.

이와는 달리 프로포폴은 필요 이상으로 호흡을 억제시킬 수도 있다는 단점이 있다. 하지만 투약 후 빨리 깨어난다는 장점이 있어 직장인이나 시간에 쫓기는 이들에게 선호되는 경향이 있다. 물론 프로포폴 역시 의료진이 충분히 주의만 기울인다면 안전하게 사용할 수 있는 약제다.

마취제가 아니기 때문에 미다졸람이 들어간 주사를 맞았다 할지라도 환자는 내시경검사를 받는 동안 통증이나 불편감을 얼마든지 느낄 수 있다. 하지만 그렇다고 해서 통증을 없애겠다고 주사약의 용량을 마구 늘릴 수는 없다. 아무리 안전한 약제라도 과다하게 사용할 경우 부작용이 초래될 수 있기 때문이다.

잠잘 때와 같이 아무것도 모르는 상태에서 내시경검사가 이루어졌으면 하고 바라는 이들이 많지만, 그럴 경우 검사가 용이하지 않다. 수면내시경검사는 의사와 환자가 긴밀히 공조할 때 보다 수월히 받을 수 있는 검사다. 바로 이와 같은 효과를 이끌어내기에 적격인 약제가 미다졸람이라고 할 수 있다. 미다졸람 주사를 맞은 이는 검사가 이루어지는 내내 의사와 얼마든지 대화를 나눌 수가 있다.

어디 사느냐고 물으면 집주소를 알려줄 수도 있고 왼쪽으로 돌아누우라고 하면 주저 없이 왼쪽으로 돌아누울 수도 있다. 하지만 깨어나며 환자는 그간 있었던 일을 전혀 기억하지 못하는 경우가 대부분이다. 검사를 받는 중에 고통스러웠더라도 깨어나면 고통스러웠던 기억을 떠올리지 못하게 되는 것이다.

물론 미다졸람을 맞은 이들 중에는 모든 걸 또렷하게 기억하는 이들도 더러 있다. 얼마든지 사람에 따라 차이가 있을 수 있다. 예민한 성격을 가진 사람이나 평소 술을 많이 마시는 사람에게서 미다졸람의 효과는 떨어지는 것으로 알려져 있다.

인생을 들여다보면 따사로운 햇볕이 내리쬐는 날만 있는 게 아니다. 비바람 거세게 몰아치는 궂은 날도 있다. 삶을 들여다보면 미소 짓게 만드는 아름다운 추억만 있는 게 아니다. 생각만으로도 몸서리쳐지는 기억들 또한 널렸다. 아프고 힘든 가시밭길을 걸어

갈밖에 다른 길이 없을 때 미다졸람 같은 약이 있으면 얼마나 좋을까. 끔찍하고 고통스러웠던 과거를 기억하지 못할 테니까.

하지만 우리네 삶에 있어서 이런 효능을 가진 약제가 존재할 수 없음을 나는 잘 안다. 약간 안타까운 마음도 없지 않아 있지만 가만 생각해보면 오히려 다행스런 일이라 여겨진다. 사람을 가장 사람답게 만드는 특효약이 고통일 거라는 생각 때문이다.

혹여 고통이라고는 전혀 경험해보지 못한 사람이 있다면 나는 다른 건 몰라도 그가 성숙한 인간일 가능성은 희박하리라 생각한다. 고통을 겪어 보지 못한 이가 다른 이의 고통이나 삶을 이해하기란 불가능하다고 생각하기 때문이다. 함께 어울려 살 수밖에 없는 존재가 사람인데, 곁에 있는 이의 고통을 전혀 느끼지도 못하고 이해할 수도 없다면 그런 삶을 사는 이야말로 더없이 불쌍하고 초라한 게 아닐는지.

저마다 살다 가는 각자의 인생여정은 한 편의 웅장한 드라마이자 이야기라고들 한다. 드라마와 스토리에서 고통, 눈물, 갈등, 어둠 같은 양념을 뺀다면 그건 이미 드라마라고 할 수도 없지 싶다. 밋밋하고 따분하고 지루하기만 한, 그래서 드라마 같지도 않을 거다.

수면내시경의 실체를 알게 된 이상, 더 이상 수면이 안됐네 뭐네 하며 불만을 터뜨리지 마시길. 혹여 그런 이가 있다면 붕어빵에 붕어가 없다며 괜한 시비를 거는 이라 여길 테니. 그나저나 이토록 사람을 헷갈리게 하는 것이라면, 내시경학회니 뭐니 하는 곳에서 자진해서 수면내시경이라는 이름을 정정해야 하는 거 아냐?

실이 떨어져서

　몸집이 단단해 보이는 친구가 있다. 형사다. 일견 조폭 몇쯤은 간단히 해치울 것만 같은 친군데, 병원에만 오면 영 딴 인간이 되고 만다. 감기만 걸려도 폐암 아니냐며 엄살을 피워대고 당장에라도 울음을 터뜨릴 듯 그야말로 오두방정을 떨어댄다. 웬만한 사람 종아리만한 팔뚝에서 채혈을 할라치면 약간 보태서 까무러칠 지경이 된다.

　그 친구 말이 자기는 세상에서 병원이 제일 무섭단다. 칼을 든 조폭은 안 무서워도 주사기를 든 간호사는 소름끼치도록 무섭단다. 이런 심약한 친구에게 우리의 안전을 책임지고 지켜 달라 한 것이니, 잘한 일인지 모르겠다.

물론 그와의 인연은 병원을 통해서 시작되었다. 내가 근무하는 병원에서 건강검진을 받고 몇 차례 병원을 들락거리던 그가 고맙다며 내게 술을 샀고, 술자리 이후 그와 나는 친구처럼 지내는 사이가 되고 말았다. 그 친구를 떠올릴 때마다 나는 그 가 술좌석에서 내게 들려준 얘기를 잊을 수가 없다. 술기운이 오를 만큼 올랐음에도 내게 얘기를 들려주는 내내 그 친구는 얼마나 겁에 질려있는지, 언제고 생각해도 절도 웃음이 터져 나온다.

"남 원장, 환자 배를 칼로 진짜 쫙 긋는 겨? 시뻘건 피도 엄청 날 텐디……."

동갑임을 확인한 우리는 첫 술좌석에서부터 말을 텄다. 그 친구는 평소에도 표준말과 사투리를 섞어가며 말을 했는데, 술좌석에서인지 그날따라 유독 사투리를 많이 썼다.

"그게 직업인데 뭐."

나는 아무렇지도 않다는 듯 대수롭지 않게 대꾸했다.

"진짜 아무렇지도 않은 겨?"

친구는 못 미더워하는 눈초리로 나를 흘겨보며 재차 물었다.

“아무렇지도 않은 건 아니고…….”

“그렇지?”

순간 친구의 눈이 반짝였다.

“희열 같은 걸 약간 느끼기도 하지.”

능청스러우리만치 태연스레 대답하고는 나는 소주잔을 가볍게 입 안으로 털어 넣었다.

“독한 인간 같으니라구.”

친구는 고개를 절레절레 흔들며 소주잔을 집어들었다.

“나는 조폭이 무섭던데…….”

“조폭 걔네들 알고 보면 그렇게 무섭지 않아.”

“뭐야, 의사가 조폭보다 독종이다 이거야?”

그렇게 농담 섞인 대화와 술잔이 오고가던 어느 시점에선가 친구는 뜬금없이 자신의 경험담을 털어놓기 시작했다.

“언젠가 정말이지 짜한 경험했다. 야산에서 변사체가 발견됐는데, 밤새 내가 지킬 수밖에 없는 상황이 된 거야.”

“사체를 옮기면 그만이지, 지키다니?”

“90년대 초만 하더라도 얼마나 권위적인 시대였냐. 검사에게 보고를 하고 지시를 받는다는 게 여간 어려워야지."

"전화 한 통이면 될 일을……. 그 대목은 이해가 안 되는데?"

"그런 게 있어."

귀찮다는 듯 짧게 대꾸한 친구는 소주잔을 단숨에 입 안으로 털어놓고는 말을 이어나갔다.

"변사체가 발견된 이상, 사체를 보존해야 할 책임이 있거든. 살쾡이 같은 짐승들이 사체를 훼손시킬 수 있기 때문에 사체를 지켜야 한단 말이지. 헤드라이트 조명으로 사체 주변을 밝힌 채 방범대원 친구와 동료 한 명이랑 차 안에서 꼴딱 밤을 샜다. 비는 부슬부슬 내리지, 여름날이라 사체 썩는 냄새는 진동을 하지, 돌아가시는 줄 알았다. 셋이서 차 안에서 소주를 9명이나 깠어요. 오줌이 마려워도 모두들 차 안에서 해결하고. 무슨 괴기영화 찍는 것도 아니고, 정말이지 지금 생각해도 소름이 쫙쫙 돋는다."

술기운이 오를 만큼 올랐음에도 친구는 자못 진지한 얼굴이었다.

"당시 너를 알았으면 같이 있자고 했을 텐데. 니네는 사체를 가지고 해부도 하고 시험도 보고 하니까, 아무렇지도 않을 거 아냐."

혹여 그런 상황이 다시 생기기라도 할라치면 정말 나를 부르겠다는 눈치였다.

"그게 같냐?"

"같진 않더라도 좀 나을 거 아냐."

"변사체니 뭐니 그런 살벌한 애길랑 그만두고 술이나 마시자."

거나하게 마신 후 친구와 헤어져 집으로 돌아오는 내내 친구가 겪었을 일이 떠올라 연방 웃음이 터져 나왔다. 그런 상황에 처한다면 누군들 돌아버리지 않겠는가. 친구에게 내 속내를 털어놓지야 않았지만, 장담컨대 나 역시 차 안에서 오줌을 해결했을 거다. 그보다 더한 상황이 생겼다 해도 나는 한발짝도 차 밖으로 옮겨놓지 않았을 거다.

의과대학 시절 사체를 해부하고, 모조품이 아닌 인골(人骨)을 가방에 넣어 가지고 다니며 공부를 했다. 자기 전, 침대에 누운 채 뼈 이름을 외우다 잠이 드는 날도 부지기수였다. 인턴, 레지던트 과정 중엔 숱한 죽음을 목격하고, 그 현장에 있었다. 외과 전문의가 되어서는 썩어 문드러진 사체를 부검하기도 했다. 특이하다면 특이하다고 할 만한 경험이라고 남들은 말할지 모르겠지만 나로서는 별로 기억에 남는 것도 없고 그저 무덤덤하기만 할 뿐이다. 나만 그런 게 아니라 동료들도 그렇다고 한다. 하지만 그런 와중에도 유독 잊히지 않는 에피소드가 하나 있으니…….

내가 인턴 때였다. 인턴이 하는 일 중에는 이미 사망한 채로 응급실로 실려 온 환자의 환부를 영안실에서 꿰매주는 일도 포함되어 있었다. 교통사고 등으로 복벽이 파열되어 장이 배 밖으로 나온 채 사망한 사체가 있다면, 고인이 가기 전 사체나마 깨끗이 정리해주는 숭고한 업무였다. 새벽쯤 되었을까, 응급실이 조용해지고 환자가 뜸해지자 나는 응급실 화이트가운과 함께 영안실로 향했다. 영안실은 병원 구석 후미진 곳에 있었다.

서울이나 대도시에 있는 영안실은 주변도 밝고 사람들로 북적거리는 탓에 그다지 음산한 느낌을 주지 않는 반면에 자그마한 도시의 지방병원 영안실은 분위기가 사뭇 달랐다. 병원이 인근 도시와는 동떨어져 산자락 밑에 위치하고 있는데다가 영안실은 병원 구석 후미진 곳에 있었기에 더더욱 음산하게만 느껴졌다. 어둠침

침하고 눅눅한 영안실 복도 저만치에 하얀 시트로 덮인 사체가 놓여 있었다. 화이트가운이 시트를 걷어내자 두개골이 으깨지고 대퇴부가 너덜너덜한 사체가 모습을 드러냈다. 갓 의사가 된 나는 하마터면 비명을 내지를 뻔했지만 가까스로 참았다.

"선생님, 대충 꿰매시면 됩니다."

나는 마른 침을 삼켜가며 떨리는 손으로 대충 상처를 여몄다. 말이 상처를 여미는 거지 나는 제정신이 아니었다. 심장은 당장에라도 멈출 듯 요란하게 뛰어댔고 두꺼비 피부마냥 전신에 소름이 돋았다. 바느질을 하는 양손은 땀으로 흥건했다. 일이고 뭐고 다 내팽개치고 당장에라도 영안실을 뛰쳐나갔으면 하는 생각뿐이었다.

"선생님!"

느닷없는 화이트가운의 한마디에, 어찌나 놀랐는지 하마터면 뒤로 나자빠질 뻔했다.

"깜짝이야. 뭔데? 그리고 너, 목소리 톤 좀 낮춰!"

"실이 다 떨어졌습니다."

난감한 표정을 한 채 화이트가운이 내 눈치를 살폈다.

“뭐라고?”

“잠깐만 계세요. 제가 잽싸게 다녀오겠습니다.”

‘허걱! 그걸 지금 말이라고!’

나는 뭐라 대꾸할 말도 잊은 채 화이트가운만 멍하니 바라볼 뿐이었다.

“같이 가자구. 나도 아까부터 오줌이 마려웠거든.”

가까스로 입을 뗀 나는 화이트가운이 일어서기도 전에 벌떡 일어나 앞서 영안실을 빠져나왔다.

나는 가끔 죽음에 대한 두려움이 본능적인 것일까, 아니면 학습된 것일까 하는 생각을 해보곤 한다. 본능적인 것이라 들어왔지만 꼭 그런 것만도 아니라는 생각이 든다. ≪인생수업≫이라는 책으로 우리에게 널리 알려진 엘리자베스 퀴블러 로스 같은 이는 성가곡이 연주되고 하객들이 나비를 날리는 등 그야말로 축제와 같은 분위기에서 생을 마감했다고 한다. 티베트의 현자들은 웃으며 죽음을 맞이한다고 한다.

이들은 죽음을 삶의 완성이자 축복으로 여기고 감사한 마음으로 환영했다는 것인데, 왜 나를 비롯한 대부분의 사람들에게 있어 죽음은 온통 부정적인 이미지뿐인지 모르겠다. 우리는 용두사미龍頭蛇尾 격으로 일을 하지 말라는 말을 귀가 따갑게 들어왔다. 마무리가 좋아야 한다고, 끝이 좋아야 한다고들 한다. 새빨간 거짓말이다. 이렇게들 말하면서 한 인간의 생이라는 숭고한 여정을 마무리하는 죽음을 그토록 부정적인 이미지로 덧칠해놓았으니 말이다. 인류가 죽음에 대한 이미지를 바르게만 잡아왔더라도, 실이 떨어졌다는 말에 내가 그토록 놀라지는 않았을 것이다.

센서를 꺼라

병원 입구에 들어서면 주차장을 알려주는 표지판이 나타난다. 안내 표지판을 따라 비좁은 길을 통과하면 고작 승용차 7대 정도밖에 주차할 수 없을 만큼 협소한 공간이 나타난다. 좁다보니 주차 공간이 비어있는 경우는 거의 없다. 하는 수 없이 지하주차장을 사용할 수밖에 없다.

지하주차장으로 향하는 승강기식 주차장치 앞에 차를 세우고는 차에서 내려 지하로 향하는 버튼을 누른다. 승강기 문이 열리면 차를 타고 승강기 안으로 들어간다. 승강기 안에 차를 요령껏 세우고는 차창을 열고 지하 2층 버튼을 누른 후 엔진을 끈다. 승강기가 지하 2층에 도착하면 저절로 문이 열리고, 그러면 시동을 건 후 차를 몰고 승강기에서 나와 지하 2층 주차장에 차를 주차한다. 아무래도 불편하다.

매일 지하 주차장을 이용하는 나야 별 어려움 없이 승강기식 주차장치를 이용하지만 처음 이용하는 사람이라면 영 께름칙하고 불안하기만 하다. 좁은 공간 안에 갇히는 것도 그렇고, 차에 갇힌 채 수직으로 이동하는 승강기에 몸을 싣고 있자면 짧은 시간이지만 온갖 불길한 생각에 사로잡히는 경우가 허다하다. 갑자기 멈추는 건 아닌지, 승강기를 지탱하는 줄이 뚝 끊어져 차에 탄 채 지하 콘크리트 바닥으로 곤두박질치는 건 아닌지.

내가 근무하는 병원의 주차풍경이다. 주차요원이 있긴 하지만 병원을 방문한 손님에 대한 예의가 아님을 통감한다. 통감한다 하면서 쉬이 주차장을 마련치 못함은 그놈의 땅값이란 게 어디 장난이어야지. 이렇다보니 나는 여간해선 지상주차장에 차를 주차하지 않는다. 지하 2층에 도착한 승강기의 문이 열리면 7.2미터 전방은 콘크리트 벽이다.

승강기에서 나오면서 좌회전한 후 약 40미터 정도 전진해야 주차할 만한 공간이 나타난다. 이런 구조이다 보니 지하 2층 주차장에서 지상으로 빠져나올 때 승강기 안으로 차를 들이밀기란 여간 어려운 게 아니다. 가능한 한 좌측 벽에 차를 바싹 붙인 후 전진하다 우회전해야 그나마 수월하게 차를 승강기 안으로 집어넣을 수가 있다.

차를 바꿨다. 차를 구입할 당시에는 몰랐는데 지하 주차장을 이용하고서야 지난번에 타던 차보다는 크다는 걸 알게 되었다. 좌측 벽에 차를 바싹 붙인 후 전진하다 승강기 앞에서 우회전해도 승강기 안으로 차를 밀어 넣기가 만만찮았다. 해서 나는 하는 수 없이 후진으로 차를 몰다 승강기 앞에서 차를 튼 후 빠져나오는 방법을 선택했다.

그렇게 하고부터는 한결 여유가 있었다. 그렇게 해서 별 무리 없이 나는 지하주차장을 이용하는 것인데, 아뿔싸, 기어코 문제가 터지고 말았다. 후진하다 방향을 튼 후 승강기 앞에 차를 정면으로 세우자면 전진해서 빠져나올 때와는 반대편 벽에 가능한 한 차를 붙이고 후진해야만 했다.

한데 후진하는 경로에 누군가가 차를 세워놓은 게 아닌가. 널린 게 주차공간인데 하필이면 차가 이동하는 경로에 어떤 싸가지 없는 인간이? 속이 부글부글 끓었다. 아파트나 백화점 주차장에서 이런 일과 맞닥뜨렸다면 나는 관리인에게 한바탕 쏟아 부었거나 하다못해 주차되어 있는 차에 가벼운 해코지라도 했으리라. 하지만 내 집 주차장이 비좁은 탓에 벌어진 일을 가지고 화를 낼 수는 없는 노릇이었다.

차 주인을 찾아 따져봐야 득이 될 게 없음은 자명했다. 나는 하는 수 없이 예전에 하던 방법대로 주차장을 빠져나올 수밖에 없었다. 차를 좌측 벽에 바싹 붙인 후 전진하다 적당한 시점에서 차를 틀어 빠져나오는. 예상대로 쉽지가 않았다. 가까스로 차를 승강기 안으로 밀어 넣을라치면 차에서 요란한 경보음이 울렸다. 차가 긁힌다니까! 경보음을 들으며 계속 전진할 수는 없었다. 더욱이 새 차가 아닌가.

다시 후진. 그리고는 전진. 이러길 수차례 반복했지만 좀처럼 승강기 안으로 여유 있게 차를 들이밀 수가 없었다. 울화가 치밀 대로 치민 나는 급기야는 경보음을 꺼버렸다. 가뜩이나 신경이 곤두선 마당에 경보음까지 요란하게 울려서야. 내 감각을 믿어보기로 했다. 차가 긁히면 긁히리라. 한데 웬걸. 믿기지 않을 정도로 가뿐히 차가 승강기 안으로 들어가는 게 아닌가.

이런 경험을 하고부터 나는 후진이니 뭐니 하는 번거로운 방법을 택하지 않고 전진하다가는 신경 쓰는 일 하나 없이 가뿐히 주차장을 빠져나온다. 어렵지 않다. 쉽다. 그런 일이 있은 후 나는 그토록 간단하면서도 수월하기 그지없는 일을 가지고 골머리를 앓은 이유가 뭘까 하고 곰곰이 생각해보았다.

해답을 찾는 건 어렵지 않았다. 새로 구입한 차다보니 혹여 긁히면 어쩔까 하는 두려움 때문에 나는 소심할 대로 소심해져 있었고, 이렇다보니 과감히 차를 다룰 수가 없었던 게 첫 번째 이유였다. 다른 이유는 차에 장착된 센서의 알람기능 때문이었다. 새로 구입한 차에는 센서가 부착되어 있어 차가 장애물에 어느 정도 근접할 경우 요란한 경보음이 쉴 새 없이 울려댔다.

경보음에 신경쓰다보니 나는 소신껏 운전할 수가 없었다. 이런 아이러니가 있나. 운전자의 편의를 위해 고안된 센서가 오히려 운전에 방해를 주는 것이라니. 첨단장비를 무시한 채 내 감각과 직관을 믿고서야 오히려 수월하게 운전을 할 수 있는 것이라니.

뉴튼이나 아인슈타인 같은 위대한 과학자는 과학자라는 이유로 직관을 무시하려들지 않았다. 무시는커녕 위대한 발견을 위한 원동력으로 직관을 가장 먼저 꼽았다. 미켈란젤로나 피카소 같은 위대한 예술가 역시 다른 무엇보다도 직관을, 자신의 내면에서 꿈틀대고 용솟음치는 감각을 가장 소중히 여겼다. 동서고금을 통틀어 위대하다 하는 이들치고 직관을 무시하거나 하찮게 여긴 이는 없는 것만 같다.

한데 우리는 직관을 중시하기는커녕 직관 같은 건 배우지 못하고 우매한 사람이나 만지작거리는 것으로 치부하는 경향이 다분하다. 개개인이 저마다 지니고 있는 직관을 말끔히 지워가는, 말살해가는 과정이 교육일지도 모른다는 생각마저 들기도 한다. 그리고 보면 교육은 자동차에 부착된 센서와 다를 게 없다. 너 자신을 믿어서는 안 된다고 난리법석을 떠는 경보음. 네 눈과 귀보다는 기계를, 과학을 믿고 따르라는.

우리의 선배 의사들은 환자를 진찰함에 있어서 무엇보다도 시진視診을 중요시했다. 환자를 두 눈으로 보고 느끼는 것을 그 무엇보다도 믿고 신뢰할 만한 진찰방법으로 여겼다. 직관을 중요시했다는 얘기다. 하지만 오늘을 사는 의사들은 더 이상 직관을 믿으려 들지 않는다.

의학 교육 역시 자신의 직관을 무시하고 버리는 방법을 터득해가는 과정으로 바뀌어버린 것만 같다. 이런 이유로 의사는 환자를 주의 깊게 살피거나 환자와 대화를 나누기보다는 엑스레이 필름이나 검사결과를 나타내는 숫자에 더 많은 신뢰를 두며 목을 매는지도 모르겠다.

의사라 하면서 환자는 거들떠보지도 않고 엑스레이 필름만 눈이 빠져라 들여다보고 있던 내 꼬라지를 안타까이 여기던 환자가 있었지 싶다. 바로 그 환자가 자동차에 부착된 거리감지 센서에 의존한 채 갈팡질팡 못하는 나를 어느 날인가 목격했지 싶다. 그게 하도 안타깝고 안쓰러워 후진하는 내 차의 이동경로에 자신의 차를 떡하니 세워놓았는지도 모른다. '어이, 의사양반. 자동차 거리감지 센서에만 의존하지 말고 당신의 눈과 귀를 한번 믿어보라니

까. 과학만 믿으려들지 말고 당신의 직관도 믿어보라니까." 그의
목소리가 들리는 것만 같다.

아빠, 여걸 뭐라고 해?

"아빠, 여걸 뭐라고 해?"

아홉 살 된 아들이 시도 때도 없이 내게 날리는 질문이다. 여간 귀찮고 성가신 게 아니다. 귀찮다 못해 한 대 쥐어박았으면 싶을 때도 많다. 뭐든 읽다 모르는 단어나 문장이 나오면 조르르 내게로 달려온다. 모르는 낱말을 손가락으로 짚은 채 빤히 고개를 쳐들고는 잔뜩 호기심어린 눈빛으로 질문을 던진다.

"아빠, 여걸 뭐라고 해?" '아빠, 이걸 어떻게 읽어?'를 아들은 늘 그렇게 표현한다. 어떻게 된 애가 그냥 넘어가는 적이 없다. 시험을 볼 것도 아니고 그저 제가 좋아 읽는 것이라면 대충 넘어갈 만도 하건만. 은근히 아들 자랑하는 거 아니냐며 나를 향해 눈을 흘길 이도 있겠지만, 당해보지 않은 이는 모른다. 참고로 아들놈의 취미는 소리 내어 책읽기다. 아니, 취미 정도가 아니다. 눈만 뜨면 책을 읽고, 그게 싫증나면 DVD를 켜놓고는 만화영화 자막을 따라 읽으니 이 정도면 취미라기보다는 중독이라는 표현이 어울릴 것 같다.

"아빠, 여걸 뭐라고 해?"

"꽃."

"아~아!"(감탄조의 목소리로 고개를 위아래로 끄덕이며)

"아빠, 여걸 뭐라고 해?"

"마더(mother)."

젠장, 요즘엔 어린애들이 읽는 만화책에 웬 영어가 그리 자주 등장하는 건지 모르겠다. 이래저래 영어는 내게 도움이 안 된다.

시도 때도 없이 질문 해쌌는 아들이 귀찮고 성가시다는 나의 말은 솔직히 엄살이다. 새빨간 거짓말이다. 그렇다고 '그럼 그렇지. 결국 자랑이었구만.' 하고 지레짐작하며 눈살을 찌푸리지 마시라.

너도나도 조기교육의 광풍에 휩쓸려 이리 뒹굴고 저리 쓸리는 요즘, 아홉 살 난 아들이 '꽃'도 제대로 발음하지 못한다면 누군들 그런 사실을 드러내놓고 떠벌리려 하겠는가. 쉬쉬하며 감추려 들면 모를까.

세상사람 누구에게나 사연이 있고 그 내막을 알게 되면 무엇이 되었든 얼마든지 해석은 달라질 수 있는 법, 내 사연을 들어들 보시라. 네 살 된 아들이 말이 늦는다 싶어 병원 현관문이 닳도록 병원을 드나들던 때가 있었다. 아들을 진찰한 의사들은 하나같이 아이가 들을 수 없고 말할 수도 없다는 결론을 내렸다. 섭섭했다.

아이가 듣고 못 듣고의 진위를 떠나 그토록 잔인한 판결을 아무렇지도 않은 듯 대수롭지 않게 내뱉는 의사들의 무덤덤한 태도에 분노가 치밀었다. 가운을 벗고, 환자의 보호자가 되어 드나들던 병원은 의사인 내게도 분명 낯선 곳이었다. 우리 부부는 미친 년놈마냥 넋을 놓은 채 전국 각지에 흩어져 있는 병원을 찾아다녔다. 혹시 아이가 듣고 말할 수 있는 가능성이 있다고 얘기해주는 의사가 있을까 싶어서.

사려 깊고 세심한 눈으로 아이를 바라봐주기라도 하는 의사가 있을까 싶어서. 아이에게 이것저것 물어가며 잠깐이나마 관심을 보여줄 의사가 있을까 싶어서. 환자 부모의 경우 객관성을 유지하기 어렵기에 제대로 된 판단을 내릴 수 없는 거라며 일언지하에 우리 부부의 의견을 묵살하는 의사만 있는 것은 아닐 거라는 희망을 안고서.

우리 부부가 이렇듯 발악을 할 수밖에 없었던 건, 나름대로 아이가 희미하게나마 듣는다는 정황을 포착하고 있었기 때문이었다. 나 역시 되지도 않은 사실을 가지고 의사를 상대로 박박 우겨댈 만큼 꽉 막힌 사람은 아니다. 더더군다나 나 역시 의사가 아닌가.

자신에게 내려진 잔인한 선고도 모른 채 잠들어 있는 아이를 안고 병원을 드나들던 나는 의사들이 아이보다는 컴퓨터영상자료나 검사결과지에 더 많은 관심과 신뢰를 보내는 건 아닌가 하는 의구심을 떨쳐버릴 수가 없었다.

결국 우리 부부는 의사들이 제시한 수술을 거부하고 재활치료를 받기로 결론을 내렸다. 희미하게나마 분명 아이가 듣고 있다는 확신과 증거가 있기에 가능한 결정이었다. 어쨌거나 우여곡절 끝에 아들 하람이는 현재 또래의 아이들과 어울려 노는 데 있어 전혀 문제가 없다. 어휘가 부족하고 그러다보니 이해력이 다소 떨어지긴 하지만, 그다지 걱정스런 정도는 아니다. 웬만한 것쯤은 전화로도 대화를 나눌 수 있을 만큼 아들의 청력은 나날이 좋아지고 있다. 이런 아들놈을 어느 부모들 대견스레 바라보지 않을 수 있겠는가. 그런 아들놈을 자랑한다 하여 어느 누가 노골적으로 못마땅한 시선을 던질 수 있겠는가.

나는 아들 하람이를 통해 우리의 삶속으로 분명 기적이니 은총 같은 손님이 찾아와주기도 한다는 사실을 목격했다.

얼마 전, 하람이가 학교에서 또래들과 놀다가 상대방의 머리에 귀를 받히는 바람에 보청기가 귀 안에서 깨지는 사고가 터졌다. 혹여 아들놈의 귀에 문제가 생기는 건 아닌가 하는 우려로 잔뜩 겁에 질려 있는 아내와 함께 나는 내가 근무하는 병원 바로 곁에 붙어있는 이비인후과로 부리나케 달려 들어갔다.

"아이들과 놀다가 부딪혔다는데 귀 안에서 보청기가 깨졌어. 피도 나고."

"그래요? 이경으로 한번 보겠습니다."

이비인후과 원장은 나보다 대학 2년 후배였다.

"진찰의자 위로 올라가서 앉아볼까?"

"네."

"이름이 뭐죠?"

"하람이요, 남-하-람."

"하람이 많이 아프지 않아요?"

"안 아파요."

"………."

후배는 또박또박 대답하는 아이의 얼굴만 뚫어져라 바라볼 뿐 입을 딱 벌린 채 말을 잇지 못하고 있었다.

"뭐해? 진찰하지 않고."

"선배님, 얘가 하람이 맞아요? 도무지 믿기질 않네요."

대학병원 의사들로부터 하람이가 듣지 못한다는 판정을 받은 후 나는 몇 차례 아들놈을 후배에게 보인 적이 있었다.

"너무 좋아졌네요. 언뜻 봐선 정상적인 아이들과 전혀 다를 게 없어요."

진찰하는 내내 후배는 자신의 두 눈과 귀를 믿지 못하겠다는 듯

감탄사를 연발했다. 진찰결과 외이도에 약간의 찰과상만 있을 뿐 별다른 문제는 발견되지 않았다. 고막도 정상이었다.

무엇이 되었든 반복해서 듣다보면 무뎌지거나 최면에 걸리는 경향이 사람에게는 있다. 나 역시 예외는 아닌데, 아무래도 나는 최면에 걸린 것만 같다. 아들놈이 수시로 내게 던지는 "아빠, 여걸 뭐라고 해?" 라는 말이 요즘 들어 "아빠는 이걸 뭐라고 생각해?"라는 말로 들리니 말이다.

어디 그뿐인가, 아들놈이 부러 나를 떠보는 건 아닌가 하는 의심이 들기까지 한다. 아들놈이 어휘 하나를 제대로 발음하기까지는 수많은 반복과 노력이 따라야만 한다. 무수한 시행착오를 거친 후에야 제대로 된 '꽃' 하나를 건지는 것이다. 나는 그런 아들놈의 처절한 몸부림이 숭고하고 성스럽게까지 느껴지곤 한다. 수없이 넘어지고 깨져 건진 아들놈의 '꽃'과 앵무새마냥 아무 생각 없이 지껄여대는 나의 '꽃'이 같을 수 있을까 하는 생각을 하면 등줄기가 서늘해지는 게 전신에 소름이 돋는다.

"아빠, 여걸 뭐라고 해?"

"꽃."

"뭐?"

"꽃."

반복해서 묻는 아들놈이 질문이 어느 날부턴가 내게는 이렇게 들린다.

"아빠, 꽃이 뭐야?"

"아니 남들이 부르는 거 말고. 나는 아빠가 생각하는 꽃을 묻는 거야."

그럴 때면 나야말로 아직까지 '꽃'을 모른다는 생각을 하게 되는 것이다.

아일 비 백 I'll be back

인근의 정형외과의사가 내게 환자를 의뢰했다. 진찰실로 들어서는 환자가 'ㅇㅇㅇ척추병원'이라 선명히 새겨진 환자복 차림인 걸로 보아 정형외과 병원에 입원 중인 환자임을 알 수 있었다. 환자가 호소하는 주증상은 항문통증과 열이었다.

환자는 허리 디스크로 수술을 받았다는 건데, 수술 후 3일째 되는 날부터 항문이 약간 욱신거린다 싶으면서 열이 나기 시작했다고 한다. 처음엔 단순히 감기겠거니 생각했는데 좀처럼 열이 떨어지질 않자 정작 환자인 자신은 뭐 그러려니 하고 대수롭지 않게 생각한 반면 수술을 집도한 의사는 초조해하는 기색이 역력했다고 한다.

수술을 집도하는 외과의사에게 있어 열만큼 달갑잖은 손님도 없다. 수술한 환자에게 문제가 있음을 가장 먼저 알려주는 레드카드가 바로 열이기 때문이다. 수술을 집도한 의사는 뻔질나게 자신이 누워있는 병실을 드나들며 수술부위를 들춰보고 이것저것 묻더니 그것으로도 모자라 피검사네 컴퓨터단층촬영검사네 뭐네 하며 열이 나는 원인을 찾기 위해 혈안이 되어 있었다고 한다.

그렇게 열이 나기 시작한지 4일째 되던 날 환자가 정형외과의사에게 항문이 욱신거리는 게 불편하다고 했더니 자신을 진찰실로 불러 항문을 검사하고는 별 문제는 없어 보이지만 대장항문전문의사에게 다녀올 것을 권했다고 한다.

나는 환자를 진찰대에 눕힌 후 환자의 둔부와 항문을 검사하기 시작했다. 외관상 환자의 항문은 멀쩡했다. 하지만 환자의 항문으로 손가락을 밀어 넣자 항문 안쪽에서 불룩하게 솟은 뭔가가 만져졌다. 물론 대장항문전문의사인 나는 그게 고름주머니임을 단박에 알 수 있었다. 고름주머니가 항문 바깥에 생겼다면 정형외과의사도 쉽게 발견할 수 있었겠지만 항문 안쪽 깊숙한 곳에 고름주머니가 만들어졌으니 정형외과의사로선 진단키가 어려웠던 것이었다.

모든 게 분명해졌다. 환자를 불안하게 하고 정형외과의사의 애간장을 녹이던 열의 원인은 바로 항문 안쪽에 생긴 고름주머니였던 것이었다. 환자는 내원 당일 내게 수술을 받았고 다음날 자신이 입원해있던 정형외과병원으로 복귀했다. 항문통증이나 열이 사라진 개운한 몸으로.

항문 바깥이나 안쪽에 고름주머니가 생기는 병을 항문주위농양이라 일컫는다. 몸안에 고름이 잡히는 병이니만큼 열이 나는 거야 당연하지만 통증의 양상은 약간 다르다. 고름주머니가 항문 바깥으로 불룩 솟아있을 경우에는 눌리거나 해서 심한 통증을 유발시키지만 항문 안쪽의 경우 비교적 공간이 넓고 눌리거나 하는 일도 없어 욱신거리기만 할 뿐 그다지 큰 통증은 없는 게 보통이다.

어떤 경우든 치료는 지극히 간단하다. 살짝 피부를 절개한 후 고름주머니만 터뜨려주면 수술 끝. 환자가 통증과 열로 시달린 것에 비하면 수술은 그야말로 시시할 정도다. 혹시 큰 병은 아닐까 싶어 잔뜩 겁을 집어먹고 병원을 찾았던 건데 채 10분도 걸리지 않아 상황종료라니, 이쯤 되면 환자는 나를 용한 명의 보듯 잔뜩 존경스런 눈빛으로 바라보기도 한다. 이렇듯 항문주위농양은 이름 없는 나 같은 의사를 명의로 만들어주기도 하지만, 꼭 그런 것만은 아니다.

나를 졸지에 돌팔이로 추락시키기도 하는 것인데, 사연은 이렇다. 항문주위농양을 수술할 경우 절반은 한 번의 수술로 완치가 가능하지만 절반 가량은 치루로 발전하게 된다. 그러니까 항문주위농양으로 수술받은 환자의 절반 가량은 다시 한 번 더 수술을 받아야 한다는 얘기다.

항문 바깥쪽에 생겼든 안쪽에 생겼든 문제의 근원지는 항문 안쪽에 있는 '항문소와'라는 작은 주머니다. 어떤 이유가 되었든 항문소와에 염증이 생길 경우 항문 주변으로 고름이 잡히게 되는데 이를 항문주위농양이라 일컫는 것이다. 항문 주변으로 고름이 잡힐 경우 여러 개의 항문소와 중 어느 항문소와가 문제를 일으켰는지를 알아낼 방법이 현재로선 없다.

하지만 나중에 치루로 발전할 경우에는 딱딱한 파이프관 같은 길이 항문소와로 이어지기에 문제를 일으킨 '항문소와'를 찾아낼 수 있고 완치도 가능하게 되는 것이다. 내게 항문주위농양을 수술받은 환자 중에는 몇 개월 후에 나타나서는 재발했다며 불만을 토로하는 환자가 간혹 있다.

항문주위농양을 수술하기 전 치루로 발전할 가능성에 대해 설명을 했건만, 전혀 금시초문이라는 듯이 못마땅한 얼굴을 한 채. 단 한 번의 수술로 항문주위농양이 완치될지 아니면 치루로 발전하게 될지는 그 누구도 알 길이 없다. 환자는 말할 것도 없고 수술을 집도한 의사라 할지라도 현재로선 예측할 길이 없다.

그러니 항문주위농양이 치루로 발전했다손 치더라도, 병이 재발한 것은 아니라는 사실만은 환자가 알아줬으면 하는 바람이다.

터미네이터가 되었든 토탈 리콜이 되었든 코만도가 되었든, 아무튼 아놀드 슈워제네거란 배우는 아일 비 백I'll be back!이란 문장을 끔찍이도 사랑하는 것 같다. 그가 등장하는 영화마다 아일 비 백이란 대사가 빠지지 않고 등장하니 말이다. 지극히 간단한 수술로 몸도 마음도 가벼워진 환자들이여, 수술실을 나서는 당신의 등 뒤에다 대고 칼 맞은 항문주위농양이 던지는 대사를 기억하시라.

아일 비 백! 그는 언젠가 당신 앞에 다시 모습을 드러낼 수도 있다. 치루라는 몸을 빌려. 물론 그렇다고 지레 겁을 집어먹거나 두려워할 것까지는 없다. 그때 가서 또 한 번 손봐주면 그만이니까.

3부

알라딘과 지니

　직장암으로 수술 받은 A씨와 Z씨가 있다. A씨는 화장실에 갈 때를 제외하곤 좀처럼 침대를 벗어나는 일이 없다. 침대를 지켜야만 하는 절체절명의 이유라도 있는 사람 같다. 완연한 봄기운도 그를 병실 밖으로 밀어내지 못한다. A씨는 TV나 신문을 보는 일도, 가족과 대화를 나누는 경우도 거의 없다.

　얼굴 역시 가면을 뒤집어쓰고 있기라도 한 듯 표정이 없다. "선생님만 믿습니다." 회진 때마다 내가 그로부터 듣는 말이라곤 이게 전부다. 나만 믿는단다. 반면에 Z씨는 회진을 가도 좀처럼 얼굴을 보기가 어렵다.

일정한 시간에 회진을 돌지 않는 나도 문제지만 좀처럼 침대에 붙어있지 못하는 Z씨 탓도 있다. 침대에 붙박이로 누워 나만 바라보는 A씨와는 달리 Z씨는 항상 나름대로 분주하기만 하다. 병동 복도를 오고가며 운동을 하는 건 기본이고 누워 있을라치면 하다 못해 책이라도 읽는다.

"날씨가 여간 푸근하고 상쾌한 게 아닙니다." "선생님, 자판기에서 커피 한잔 뽑아드릴까요?" "넥타이가 와이셔츠와 잘 어울리십니다." "많이 바쁘신가 봅니다." 병동에서 그와 마주치면 그는 항상 내게 먼저 말을 건넨다. 그냥 지나치는 일이 없다. 오고가는 대화로만 보면 누가 의사이고 누가 환자인지 모르겠다.

Z는 그토록 매사에 적극적이고 싹싹한 환자이건만, 나는 그로부터 선생님만 믿네 뭐네 하는 말은 들어본 적이 없다. 그는 그저 나를 향해 웃어주고 운동하며 나름대로 바쁠 뿐이다.

≪알라딘의 마술램프≫에는 알라딘과 램프 거인 지니가 등장한다. 지니가 맡은 역은 주연인 알라딘이 요구할 때 지체 없이 나타나 알라딘을 돕는 것이다. 물론 자신의 소명이 끝나면 램프 속으로

사라져야만 한다. 조연이니까. 주인공이 아니기에 서운해 할 필요도 없다. 조연은 원래 그런 거니까. 만약에 램프 거인 지니가 제 꼴리는 대로 나타나 알라딘을 돕고 리드해나간다면 얘기가 될까? 되긴 개뿔. 버스 터미널 근처 삼류 영화관이나 전전하다 잊힐 영화가 될 것임이 자명하다. 제목도 바뀌어야 할 거다. '친절한 지니씨'니 뭐 그런 정도로.

인류역사가 시작된 이래로 의사가 주연을 맡았던 적은 단 한 차례도 없었다. 고대는 말할 것도 없고 근대화가 시작되기 전까지만 해도 의사의 신분은 별 볼일 없었다. 의학의 아버지라 칭송받는 히포크라테스조차도 주연으로 대우받았던 적이 없었다. 그렇다고 빛나는 조연도 아니었다. 그저 평범한 조연에 불과했다.

한데 지금에 와서 보면 상황이 많이 바뀐 것만 같다. 조연 자리나 전전하던 의사가 이제는 역을 맡았다 하면 주연인, 그런 세상이다. 조연이라고 해서 평생 조연만 하라는 법은 없지만, 언제나 주연이라는 게 문제다. 닥터doctor라는 단어의 어원만 보더라도 의사는 주연이 아님이 자명하다.

닥터라는 말은 '시중들다'라는 말에서 유래되었다. 언뜻 생각해 봐도 시중드는 자가 주연일 수는 없을 것만 같다. 의사라는 말의 어원으로 보나 역사적 사실로 보나 분명 의사는 조연임이 분명한데, 지금 돌아가는 상황은 그게 아니니 당혹스러운 일이 아닐 수 없다.

질병으로부터 회복되는 과정을 영화로 만든다면 배역은 어떻게 설정해야 할까? 질병을 앓는 주체나 회복되는 주체가 환자이니만큼 환자가 주연인 것만은 확실하다. 조연은? 아내, 남편, 부모, 자식, 애인, 친구, 동료, 의사…, 누가 되었든 그다지 크게 신경 쓸건 없다.

결국 그들은 주연이 아니니까. 주연만 주연다우면 그만이다. 주연이 주연다워야 조연의 연기도 사는 거지, 주연이 주연답지 못하면 아무리 조연의 연기가 뛰어나다 한들 말짱 도루묵이다. 환자가 알라딘이고 의사가 지니임은 너무나도 당연한 배역설정이다.

어린 초등학생들도 알듯이 알라딘의 의지가 없으면 지니는 존재하지 않는다. 램프를 문지르는 알라딘의 액션이 없으면 지니는 영화가 끝날 때까지 등장할 수 없다. 등장할 수조차 없으니 제대로 힘 한번 써보지 못하는 거야 당연하다. 알라딘이 꼼짝 않고 있는데 지니가 제멋대로 등장해 설쳐대는 영화가 있다면……, 안 봐도 뻔하다. 삼류영화관이나 전전하다 이내 간판을 내리겠지.

혹여 A씨가 주인공으로 등장하는 영화에 조연으로 출연해달라는 제안이 내게 들어온다면, 물론 나는 두말 않고 노땡큐다. 실패로 끝날 게 뻔하니까. A씨 같이 자신보다 의사인 나를 더 신뢰하는 환자가 있다면, 미안하지만 우리의 인연은 잘못된 만남으로 끝날 공산이 크다.

주연이 주연답고 조연이 조연다울 때 영화는 영화다울 수 있는 거다. 환자가 주연이고 의사가 조연일 때 진정한 회복도 기대할 수 있는 거고, 바로 그게 환자와 의사의 올바른 자리매김이다.

오떼아라이와 도꾜데스카?

치질 수술을 배워보겠다고 여기저기 기웃대던 때가 있었다. 서울, 부산, 동경, 플로리다. 1997년 여름 나는 동료 둘과 함께 나리타 공항으로 향하는 비행기에 몸을 실었다.

최종목적지는 동경에 위치한 사회보험중앙병원. 치질로 승부를 보겠다며 '똥꼬'에 올인하는 외과의사라면 누구나 한번쯤은 거쳐갈만큼 한국의사들에게 널리 알려진 병원이 바로 사회보험중앙병원이었다.

이 병원에는 스미코시와 이와다레 준이치라는 외과의사가 있었는데 모두 치질수술에 있어 세계적인 권위자이자 대가였다. 당시

스미코시는 연로한 탓으로 메스를 내려놓은 지 오래였기에 우리가 참관한 건 그의 제자인 이와다레가 집도하는 수술이었다. 이와다레의 손놀림은 대가답게 날렵하면서도 거침이 없었다. 하지만 그다지 새로울 것은 없었다.

그도 그럴 것이 한국에서 이름깨나 있는 의사들 대부분이 이와다레의 수술을 모방하고 있었기에, 그의 수술은 내게 있어 그리 낯설지가 않았다.

이와다레의 거침없는 손놀림만큼이나 수술실에서 나의 시선을 끈 건 수술을 받는 환자와 환자의 머리맡에 앉아 있던 간호사였다. '간호사가 이뻤나 보지'하고 지레짐작하지 마시라. 그때만큼은 아니었다. 수술이 진행되는 내내 간호사는 환자의 머리맡에 앉아 나긋나긋하면서도 조용조용한 목소리로 쉴 새 없이 뭐라 환자에게 말을 건네주고 있었다.

수술을 받자면 으레 긴장과 두려움에 휩싸일 수밖에 없는 환자를 위한 배려임을 나는 한눈에 알 수 있었다. 미소띤 얼굴로 앉아 어찌나 환자에게 다정다감하게 대하는 것인지, 수술을 받는 환자가 흡사 간호사의 아버지는 아닌가 하는 착각이 들 정도였다. 환자 역시 마찬가지였다. 간호사의 친절에 연방 고개를 끄덕이며 미소로 화답했다.

일본에 도착한 첫 날, 몇 건의 수술을 보며 수술실에서 느낀 가장 강렬한 인상은 간호사나 환자 모두 너무 친절하고 깍듯한 예의를 지킨다는 거였다. 비싼 돈 써가며 일본까지 건너와 강렬하게 받은 인상이 고작 간호사의 친절이나 환자의 예의바른 태도라고 하면 나를 미친놈 바라보듯 하는 이들도 있지 싶다.

혹여 그런 이가 있다면 오죽이나 데였으면 그깟것에 감동씩이나 받을까 하고 이해해주시라. 사람 사는 곳이야 다 엇비슷하겠지만, 미국이나 일본의 병원을 가보면 병원에서 일하는 사람들은 하나같이 친절하고 환자 역시 조용조용하고 예의바르다는 사실을 대번에 느끼게 된다.

정말이지 나는 소원한다. 병원만큼은 아늑하고 조용할 수 있기를. 우선 의료진, 병원 직원, 환자나 환자의 가족들이 목소리 톤을 낮추는 운동부터 전개해보면 어떨까. 어려운 일도, 돈 드는 일도 아니니까 하려고만 하면 얼마든지 할 수 있을 것만 같은데. 소곤소

곤, 조용조용 대화를 나누는 것만으로도 병원은 한층 병원다워지고 환자도 심리적 안정을 찾을 수 있지 않을까.

수술을 마친 이와다레는 우리를 자신의 방으로 안내한 후 차 한 잔을 권했다. 그의 방은 세계적으로 명성이 자자한 대가가 사용하는 방치고는 너무나 비좁고 초라했다. 좁아터진 데다 보잘것없는 방에 앉아 우리에게 차를 권하는 이와다레의 모습이 수술실에서보다 더 커보였을 뿐만 아니라 포스까지 느껴졌다.

나는 그날 이와다레의 허름한 방에서 그와 대화를 나누며 알게 되었다. 겉치레도 치장도 포장도 장식도 필요치 않은 존재가 바로 대가라는 사실을.

다음날 우리는 사회보험중앙병원이 아닌 정형외과 병원에서 이와다레의 수술을 지켜봤다. 정형외과 병원은 사회보험중앙병원에서 전철로 이삼십 분 소요되는 거리에 있었다. 한국과 달리 일본의 경우 정형외과 병원에서도 치질 환자를 입원시켜 놓고는 일반외과 의사를 초빙해서 수술할 수 있었다. 짧은 체류기간 동안 하나라도 더 보고 한국으로 돌아가야 할 판에 어딘들 마다할 수 있겠는가. 4건의 수술을 마친 이와다레는 정형외과 병원까지 찾아와 자신의 수술을 참관한 우리에게 저녁을 사겠다며 근사한 식당으로 우리를 이끌고 들어갔다.

가정집마냥 아담하면서도 푸근한 느낌을 주는 프랑스요리 전문 식당이었다. 나중에 알고 보니 이와다레는 자신의 병원을 찾는 한국인이면 누구에게나 한번은 근사한 저녁식사를 대접했다. 나는 그곳에서 난생처음 거위 간으로 만든 푸아그라를 맛볼 수 있었다.

고급스런 음식도 음식이거니와 생면부지인 이방인에게 베푸는 이와다레의 호의야말로 더없이 고마웠다. 낮에는 수술을 참관하고 밤이면 신주쿠며 아끼아바라 등을 쏘다니며, 우리는 그렇게 이국 생활의 즐거움을 만끽했다.

귀국하는 날 나리타 공항에서 탑승할 비행기를 기다리고 있는데 하필이면 그때 오줌이 마려울 게 뭔가. 화장실을 찾자면 못 찾을 것도 없었지만 나는 부러 곁에 앉아 있는 일본인에게 묻기로 마음먹었다.

“오떼아라이와 도꼬데스카?”

내 예상은 적중했다. 나와 함께 동행했던 동료의사 둘의 눈이 삽시간에 휘둥그레졌다. 잔뜩 부러움이 담긴 눈빛으로 둘은 신기한 듯 나를 멍하니 바라볼 뿐이었다. 히라카나, 가타가나조차도 모르는 둘로서는 놀랄 만도 했다. 내가 던진 질문에 일본인은 부담스러울 정도로 친절하고 자상하게 화장실의 위치를 내게 설명해줬다.

“뭐래?”

일본어를 자유자재로 구사하는 내가 마냥 신기하다는 듯 눈을 반짝이며 H형이 내게 물었다.

“그걸 내가 어떻게 알아.”

“뭐?”

“나도 일본어 몰라. 그냥 외우고 있던 문장 몇 개 중에 하나가 갑자기 생각나기에 써먹었던 거야.”

둘은 황당한 표정을 한 채 웃음을 터뜨렸다.

“갔다 올게. 근처 어딘가에 화장실이 있을 거야.”

"오떼아라이와 도꼬데스카"

일본어에 젬병인 내 머릿속에 이 문장이 오래도록 찍혀 있는 이유가 뭘까. 나는 이 문장이 내 삶, 내가 살아가는 방식과 너무나도 닮았음을 일깨워주기 때문에 그런 것은 아닐까 하고 생각해본다. 조용히 눈을 감고 내 자신을 들여다보면 묻기만 할 뿐 정작 상대방의 언어를 알아듣지 못하던 나리타 공항에서의 나의 모습이 지금의 나와 별반 다를 게 없다.

매일매일 나는 아내에게 뭐라 말을 건네고 아내는 또 내게 뭐라 대답한다. 하지만 나이를 먹어가면서 부쩍 내가 아내의 언어를 알아듣지 못하는 건 아닌가 하는 의구심이 들 때가 많다. 아내만이 아니다. 아이들의 언어, 동료의 언어, 친구의 언어, 직원의 언어………. 어쩌면 나는 나리타 공항에서 내 미래의 모습을 미리 보아버렸던 건지도 모르겠다.

나는 의사이기에 매일 환자에게 말을 건넬 수밖에 없는 것인데, 요즘 들어 '내가 환자의 말을 알아듣기는 하는 걸까?' 하는 의구심이 들 때가 많다. 알아듣는 건 고사하고 기대조차 하지 않고 건성으로 질문을 던지던 나리타 공항에서의 나와 지금의 내가 별반 다르지 않다는 데 생각이 미치면 쥐구멍이라도 찾아 기어들어가고픈 심정이 되고 만다.

참담하다. 우리나라 신앙인들의 치명적인 결점이 듣기도 전에 말부터 배우는 것이라고 어디선가 읽은 기억이 있다. 신의 말씀을 들으려하기보다는 기도하는 것부터, 그러니까 자기 말만 하기 바쁜 데서 그릇된 신앙이 태어난다는 거다. 곱씹어볼수록 의미심장한 말이란 생각이 든다.

이제부터라도 들을 귀도 없으면서 오떼아라이와 도꼬데스카 하며 되도 않는 소리를 지껄여댈 게 아니라 히라카나, 가타가나부터 시작해야겠다. 그렇게 하는 것만이 환자의 언어를 가장 빨리 알아들을 수 있는 지름길일 게다.

원장님 애기는 무슨 반이에요?

병원에서 일함을 나는 다행스럽게 생각한다. 더없이 감사히 여긴다. 달랑 혼자 개원한 동료들을 볼 때면 더더욱 그렇다. 이 돈 저 돈 끌어들여 개원한 탓에 처음에는 빚 갚기 바쁘고, 어느 정도 숨통이 트였다 싶으면 넓은 집 고급스런 차에 마음을 빼앗기게 되고, 그것도 됐다 싶으면 안정된 노후 생활이니 뭐니 하는 명목에 목이 매여 한시도 짬을 내기 어렵다.

물론 나의 생활이란 것도 이와 별반 다를 게 없다. 그럼에도 내가 병원에서 일하는 것을 고맙게 여김은 짬짬이 시간을 낼 수 있고 경우에 따라선 '땡땡이'도 칠 수 있다는 이유 때문이다. 단지 이것

뿐이지 다른 이유 같은 건 없다. 이것만 빼면 개원한 동료들에게 내세울 거라곤 내게 없다.

달랑 혼자인 탓에 개원한 동료들이 한시도 의원을 비우기 어려운 반면 나는 다소 여유가 있다. 내가 병원을 비우더라도 내 자리를 메워 줄 동료들이 있기 때문이다. 달랑 혼자인 삶보다야 대타를 쓰거나 대타가 되어주기도 하는 삶, 싫지 않다. 딱 내 체질이다. 그렇다고 내가 짬짬이 골프를 하러 필드에 나간다거나 훌쩍 여행을 떠난다거나 하는 것은 아니다. 아무리 대타를 쓸 수 있다고 하더라도 눈치코치 없이 대타를 썼다가는 동료들의 눈총을 받기 십상임을 알기 때문이다.

내가 병원을 비우는 대부분의 이유는 아내나 아이들과 연관된 것들이 많다. 아내가 갑작스레 복통을 호소한다거나, 아이의 담임 선생님과 면담이 있다거나, 막내녀석이 다니는 유치원에 재롱잔치가 있다거나, 뭐 그런. 꼭 내가 곁에 있어야 한다거나 참석해야만 할 절대적인 이유 같은 게 있는 건 아니지만 굳이 그렇게 하지 않을 이유도 딱히 없는 것이기에 나는 가능한 한 그런 때만큼은 굳이 병원을 지키려 들지 않는다.

언젠가 딸아이가 다니고 있는 외국인 학교에서 급한 전화가 걸려왔다. 배가 끊어질 듯 아프다며 아이가 울고불고 난리라는 거였다. 외래고 뭐고 다 동료들에게 맡겨두고 나는 부리나케 평택으로 차를 몰았다.

학교에 도착하자 아이는 이미 조퇴할 준비를 마치고 나를 기다리고 있었다. 아이의 얼굴에 눈물 자국이 선명히 찍혀 있는 걸로 보아 꽤나 아팠음을 짐작할 수 있었지만, 나를 맞을 당시 딸아이의 표정이나 태도로 미루어 볼 때 그다지 심각해 보이지는 않았다. 집으로 돌아오는 차 안에서 딸아이와 이런 저런 이야기를 나누면서 나는 아이의 문제가 다른 곳에 있음을 어렴풋이 알게 되었다.

한국 학교에 다니던 아이가 외국인 학교로 옮긴 지 얼마 지나지 않았던 때라 딸아이는 낯선 급우들은 그만두고라도 언어 때문에 많은 스트레스를 받고 있었던 것이었다. 물론 그 때문에 복통도 생겼던 거고. 얼추 집 근처에 다다랐을 즈음 "돼지갈비 먹을래?" 하고 내가 묻자 딸아이는 배시시 웃으며 고개를 끄덕였다.

복통을 일으킨 딸아이와 의사인 아빠는 그날 병원이 아닌 식당을 찾아들어갔고 어느 때보다도 기억에 남는 맛난 점심을 먹었다.

굳이 내가 딸아이의 학교에 가지 않았더라도 하등 문제는 없었을 것이다. 하지만 그렇게 되었더라면 내가 딸아이를 좀 더 알 수 있는 기회 또한 없었을 거다.

유치원 재롱잔치가 되었든, 작은 연주회가 되었든, 운동회가 되었든 거르지 않고 아내와 함께 참석하는 나로 인해 괜한 곤욕을 치르는 동료의사들이 많다.

"얌마, 너 때문에 살 수가 없다. 마누라가 입만 열면 너 좀 본받으라며 성화다."

"하람 엄마, 아빠가 참 자상한 분 같아요."

몰라서 하는 소리다. 나란 인간, 본받을 거 없다. 자상하지도 않다. 그저 참석할 만한 여건이 되기에 참석할 뿐이다. 누군들 여건만 된다면 그러지 않으려고. 기실 그렇게라도 하지 않으면 나란 사람은 아내나 아이 앞에 내놓을 게 없음을 잘 알고 있다. 그나마 일 년에 몇 차례 있는 아이들 행사에 꼬박꼬박 참석함은 남편으로서, 아빠로서 알량하게 쥐고 있는 최소한의 양심이라 해두자.

2008년 1월 4일 금요일. 얼추 저녁 7시가 되어 가는 시각. 나와 아내, 딸 하야나는 잔뜩 웅크린 채 성환문예회관을 향해 걸어가고 있었다. 날씨가 제법 쌀쌀했다. 아들이 다니는 유치원에서 문예회관을 빌려 재롱잔치를 벌이는 날이었다.

그 시간 아들은 또래들과 어울려 리허설을 하느라 정신이 없었다. 주차장은 차로 꽉 들어차 있었고, 문예회관으로 들어가는 입구는 노점상들로 북적거렸다. 아내는 아이에게 줄 꽃다발을 샀다.

"어머, 원장님 아니세요?"

문예회관 로비로 들어서려는데 누군가가 알은체를 하며 내게 인사를 건네왔다. "아, 예."

얼떨결에 대답은 했지만 내게 인사를 건넨 이가 누군지 나는 기억해낼 수 없었다. "늦둥이를 보셨나봐요?"

당연히 내가 자기를 알아보는 줄로 생각한 아주머니는 계속해서 내게 말을 걸어왔고 나는 어정쩡한 표정을 한 채 웃기만 했다.

"원장님 애기는 무슨 반이에요?"

"예?"

못 들었다는 듯 내가 말을 되받았다.

"좋은 시간 되세요, 원장님."

내 대답을 기대하지도 않았다는 듯 아주머니는 머리를 살짝 숙여 인사를 건네고는 총총 사라졌다.

아이들의 앙증맞은 동작 하나하나에 웃음과 환성이 터져 나오고 여기저기서 플래시 빛이 번쩍거렸다.

"다음엔 보라꿈반 어린이들의 춘향전 공연이 있겠습니다."

사또와 이방이 등장했다. 이마에 머리띠를 두른 하인 차림의 남자아이는 아들 하람이였다. 아들의 대사는 말끝을 올려 "예~이."를 몇 번 되풀이하는 게 다였다. 그제야 나는 아들이 보라꿈반이란 사실을 알게 되었다.

보라꿈반 아이들의 춘향전 공연이 끝나고 나서도 공연은 오랫동안 이어졌다. 공연 내내 객석을 가득 메운 사람들은 웃고, 환호성을 지르고 갈채를 보내며 축제를 만끽하고 있었지만 나는 그렇지가 못했다. 머리가 혼란스럽기만 했다. 공연 내내 나는 한 가지 생각에 사로잡힌 채 헤어나질 못하고 있었다.

'여태 아들이 무슨 반인지도 모르면서 쫓아다녔던 거야? 그게 말

이 돼?'

　화장실에 가는 척 객석을 빠져나온 나는 로비 밖으로 나와 담배를 꺼내 물었다. 차가운 바람이 얼굴을 후려쳤다. 아들이 무슨 반인지조차 몰랐다니……. 자괴감과 수치심이 쌀쌀한 바람과 함께 가슴팍으로 파고들었다. 의문이 꼬리를 물고 이어졌다.

　'나는 아들을 진정 아는 걸까?'

　'아내는?'

　'친구는?'

　'내게 치료받는 환자는?'

　담배를 비벼 끄고 착잡한 심정으로 로비로 들어서는데 휘익 하고 바람이 귓전을 때렸다. 순간 나는 언뜻 누군가 내지르는 소리를 들은 것만 같았다.

　'니가 말하는 사랑이란 건 도대체 뭐니?'

이쯤 돼야 환자라고 할 수 있지

"어째 눈알이 노리끼리한 게 이상해. 가도 돼?"

"새삼 전화는 무슨, 빨리 와요."

박 형의 전화였다. 박 형은 나보다 10살 위로 내가 목천에서 공중보건의사로 근무하면서 알게 된 이후 지금까지 쭉 관계를 이어오고 있는 형님이었다. 박 형으로부터 나중에 들으니, 병원에 올 때마다 내가 진료비를 받지 않는 게 미안하고 부담스러워 대학병원을 찾아갔다는 것이었다.

대학병원 진료실 의자에 앉아 차례를 기다리고 있는데 슬그머니 걱정이 밀려들기 시작하더란다. 내게 알리지도 않고 대학병원

을 찾은 사실이 나중에 내 귀에라도 들어오게 되면 내가 섭섭하네
뭐네 하며 지랄을 떨어댈 게 불을 보듯 뻔했기에. 해서 내게 전화
를 넣은 거였고, 결국 대학병원에서 진찰을 받지 않고 부랴부랴
내가 근무하고 있는 병원으로 오게 된 것이었다.

복부 초음파검사 상 양측 간내담관이 늘어나 있었고, 늘어난 양
측 담관이 합쳐지는 부위에서 음영이 뚝 끊겨 있었다. 좌우측 담관
이 합쳐지는 부위를 뭔가가 막고 있다는 것을 보여주는 소견이었
다. 클라스킨 종양이 확실했다. 담즙이 내려오는 길을 종양이 막
고 있는 탓에 담즙이 정체되어 황달도 오게 된 것이었다.

'클라스킨 종양'은 내가 수련을 받을 당시만 하더라도 뾰족한 치
료방법이 없는 불치의 종양이었다. 진단이 내려지는 순간 환자는
사형선고를 받은 거나 진배없었다.

"어때?"

"대학병원에서 정밀검사를 받아봐야 할 것 같아."

"왜? 안 좋아?"

"그런 건 아냐."

"그럼 뭐 하러 대학병원엘……… 여기선 안 돼?"

"뭔지 잘 모르겠으니까 정밀검사를 받아보자는 거지 다른 건 없 어."

나는 대충 얼버무렸다.

"아는 의사 없어?"

"그런 건 걱정하지 마, 내가 알아볼 테니."

"죽을병 아냐?"

내게서 뭔가 이상한 낌새를 감지했음일까, 박 형의 목소리엔 그 늘이 져 있었다.

"그런 거 아니라니까 그러네. 점심 안 먹었지?"

그날 나는 박 형과 함께 병원 근처의 식당에서 갈비탕을 먹었다. 이게 박 형과 먹는 마지막 식사가 될지도 모른다는 절망감에 휩싸 인 채.

클라스킨 종양을 제거하는 수술은 여간 까다로운 수술이 아니 었다. 외과의사라고 해서 누구나 손댈 수 있는 수술이 아니었다. 환자가 수술 받을 수 있는 조건을 다 갖추었다 하더라도 오랜 경험 과 노하우를 지닌 베테랑 의사가 아니고선 엄두도 낼 수 없는 수술이 클라스킨 종양을 제거하는 수술이었다.

그렇게 박 형과 헤어진 나는 만사를 제쳐놓다시피 하고 병원과 의사를 수소문하기 시작했다. 인생무상이니 뭐니 하며 나약한 감상에 젖어 있을 때가 아니었다. 나는 알음알음으로 간 수술 분야에선 우리나라에서 최고인 ○○병원에서 박 형이 진료를 받을 수 있게끔 예약을 하고는 박 형에게 예약 날짜를 통보해줬다.

그렇게 해서 박 형은 서울로 올라갔고 내가 다시 그를 보게 된 건 3개월이 지나서였다. 내 앞에 다시 나타난 박 형은 눈에 띄게 야위어 있었지만 표정만큼은 더없이 밝아 보였다. 박 형의 말인즉 슨 항암주사도 필요 없을 만큼 수술은 성공적이었다고 한다.

거뜬히 살아 돌아온 박 형도 박 형이었지만, 박 형을 보는 순간 내 가슴속은 수술을 집도한 의사에 대한 존경심으로 들끓었다. 수술을 집도한 의사가 천안에만 살았더라도 나는 그이에게 술 한 잔 거하게 사고 넙죽 엎드려 절이라도 했을 거다.

그와 같은 걸출한 의사를 보고 있자면 내 자신이 한없이 초라해지고 나 같은 건 의사도 아니라는 자괴감 같은 감정이 없지 않아 생기는 것도 사실이었다. 하지만 그보다는 그런 이들로 인해 의사의 위상과 자부심이 높아지는 것이었기에 '봤지, 이런 의사도 있다구.' 하는 우쭐한 마음에 나는 덩달아 어깨가 으쓱해지는 것이었다.

　　2개월 간 입원해 있으면서 박 형은 절망하고 또 절망했다. 헤아릴 수 없을 만큼 많은 검사를 받았지만 박 형이 매번 의사로부터 들은 얘기는 수술이 불가능하다는 거였다. 자신의 주치의가 지푸라기만 한 가능성이라도 있을까 해서 백방으로 노력하는 것을 잘 아는 터라 박 형의 절망감은 더 클 수밖에 없었다.
　　박 형도 박 형이었지만, 그의 아내에게 있어서도 2개월은 지옥 같은 시간이었다. 병실 복도에 신문지를 깔아놓고 잠깐잠깐 눈을 붙여가며 남편을 간호하느라 자신의 몸 또한 말이 아니었지만 그런 걸 따질 계제가 아니었다. 남편의 완쾌를 갈망하던 그녀의 기도는 남편이 수술만이라도 받을 수 있었으면 하는 바람으로 바뀌었다. 몸도 마음도 더 이상 버티기 어려운 한계점을 향해 가파르게 곤두박질치던 어느 날 새벽, 꿈인지 생시인지 구분조차 안 되는 몽롱한 상태에서 눈을 뜬 박 형의 눈앞으로 병실 창문이 또렷이

다가왔다. 불쑥 창가로 다가가 뛰어내려야겠다는 충동이 일었다. 하지만 박 형은 침대에서 몸을 일으킬 기력조차 없었다. 눈물만이 주르륵 박 형의 뺨을 타고 흘러내렸다.

그렇게 몸도 마음도 까부라지기만 하던 어느 날, 박 형의 귀로 거짓말 같은 희소식이 날라들었다. 수술 날짜가 잡혔다는. 입원한 지 딱 2개월이 되던 날이었다. 수술 결과야 어찌되든 간에 뭔가를 시도할 수 있다는 것 자체가 너무나도 고마워 박 형과 그의 아내는 부둥켜안은 채 한참을 흐느꼈다.

수술은 성공적으로 끝났고 수술 후 1달간 투병치료를 받던 박 형은 마침내 퇴원을 해 집으로 돌아올 수가 있었다.

박 형이 수술 받은 지도 얼추 3년이 다 되어간다. 퇴원 후 정기적으로 서울에 올라가 체크를 받는다는 것인데, 그때마다 수술한 집도의의 입 꼬리가 귀에 걸린다고 한다. 하긴 자신이 수술한 환자가 건강한 모습으로 살아가는 것보다 더한 보람과 기쁨이 또 어디에 있으려고. 의사 말이 경과도 좋고 이런 추세라면 백퍼센트 완치된 거나 마찬가지라고 한단다.

누가 아니랄까봐 내가 보기에도 박 형의 몸이 장난이 아니다. 수술받기 전보다 몸은 더 단단해 보이고 때깔마저도 곱다. 나 역시 건강을 회복한 박 형을 보고 있자면 더없이 감사한 마음이 드는 것인데, 한편으론 마음 한구석이 왜 이리도 허전하기만 한 건지 모르겠다.

박 형이란 이 인간이 수술 후 생판 모르는 사람마냥 낯선 인간으로 변해버렸기에 하는 말이다. 술도 딱 끊고 담배 연기가 올라가는 곳이면 은근슬쩍 자리를 피하고 만다. 웬만한 일로는 좀처럼 열을 내지도 않고 그저 허허거리기만 한다. 말이 나왔으니 말인데, 박 형이란 이 인간 수술받기 전만 해도 좀 다혈질이었거든.

고스톱도 쳤다 하면 쓰리고, 포고 봐주는 게 없었거든. 한데 지금 같아선 유리한 패를 들고도 슬그머니 스톱을 외칠 것만 같다. 간을 자르면 인간의 성품이나 태도가 변한다는 얘기는 의학교과서 어디에서도 본 적이 없건만, 저렇듯 인간이 변해버리는 것이라니. 요사이 박 형과 얘기를 나누고 있자면 나는 흡사 도인과 얘기를 나누고 있는 건 아닌가 하는 착각에 빠져들기도 한다.

물론 나도 안다. 하루아침에 인간이 통째로 바뀔 수야 없다는 것을. 하지만 세상을 다른 눈으로 바라보기 시작했다면 이미 도인의 길로 들어선 게 아닐는지.

박 형의 어린 시절은 참혹하리만치 가난했다고 한다. 또래들이 책보를 둘러메고 초등학교로 향할 때 박 형은 남의 집으로 머슴일을 하러 갔다고 한다. 더 이상 들을 것도 없이 이 한 가지 사실만으로도 그가 걸어온 생이 얼마나 고단했을지 짐작하기란 어렵지 않다.

이런 박 형에게 있어 오기니 근성이니 승부욕이니 하는 것들은 결코 옵션이 될 수 없었다. 그런 것들은 야생동물이 생존을 위해 자연스레 체득한 본능 같은 것이었다. 박 형의 말마따나 자신은 누가 건드리기라도 하면 한 방 날릴 기세로 생을 살아왔다고 한다. 한데 이런 인간이 단 한 번의 수술로 생판 낯선 사람마냥 탈바꿈해버린 것이라니. 어쩌면 박 형은 자신의 간 몇 조각, 피 몇 방울, 오줌 몇 컵만 달랑 병원에 남겨두고 퇴원한 게 아닌지도 모른다. 병원을 나서는 순간 욕심이니 쓸데없는 승부욕이니 하는 것들도 훌훌 털어버리고 나온 건지도 모른다. 나는 그런 박 형을 보며 모름지기 저 정도는 돼야 수술을 받았다고, 환자였다고 말할 수 있는 게 아닌가 하고 생각해보기도 한다. 그래야 병도 자신의 책임을 다했노라 미소지으며 미련 없이 퇴장할 수 있을 것 같다.

임종을 지키는 의사

잘 존다, 나는. 거실 소파에서도, 열차 안에서도, 미장원에서도, 어디고 가리지 않고 틈만 나면 존다. 그런 나를 동료들은 한심하다는 듯 곱지 않은 시선으로 바라본다. 게으른 자의 최후가 어떠할지 한마디씩 하고 싶어 입이 근질거리는 눈치들이다. 하지만 졸린 걸 어쩌란 말인가. 진료실 의자에 파묻혀 세상모르고 졸고 있을 때 불쑥 동료가 들어오기라도 하면, 처음엔 나도 머쓱해지곤 했다.

하지만 지금은 아무렇지도 않다. 실눈을 뜬 채 동료를 잠깐 바라보다가는 다시 조는 일을 계속한다. 내가 보기엔 말똥말똥 깨어 있는 나의 동료들이 하는 일이란 것도 개갈딱지 안 나기는 마찬가지인 것만 같다. 이곳저곳 기웃거리며 잡담하고, 남의 일에 괜한 참견이나 하고, 마우스질을 하며 인터넷이나 뒤적거리고……. 그럴 바엔 조는 게 백번 낫지 싶다. 건강에 좋고, 이미 충분히 소란스런 세상에 소음 하나 보태지 않아 더더욱 좋다.

아무 때, 아무 곳에서나 내가 졸 수 있는 건 게을러서라기보다는 오랜 훈련 끝에 힘겹게 얻은 전리품인지도 모른다. 인턴생활이란 혹독한 과정을 거치면서 어렵사리 몸에 익힌 노력의 대가인지도 모른다. 의사의 손을 떠난 환자, 그러니까 회생가능성이 없는 환자를 의사들은 호프리스(hopeless) 환자라고들 한다.

누가 되었든 죽음은 비껴갈 수 없는 것인데, 인생이란 무대에서 역할을 다하고 퇴장하는 환자에게 갈채는 보내주지 못할망정 호프리스란 불명예스러운 딱지를 붙이는 처사를 나로서는 수긍하기가 어렵다.

아무리 생각해도 인색하고 짜다는 생각이 든다. 의사의 손을 떠나면 희망이 없는 것이라니, 꼭 살아야만 희망이 있는 것이라니, 이런 오만과 편견도 없다. 호프리스 환자가 집으로 이송될 때 항상 동행해주는 의사가 다름 아닌 인턴임을 모르는 사람이 많다.

요즘이야 어떤지 모르겠지만 내가 인턴생활을 하던 때만 하더라도 환자나 환자의 가족은 임종만큼은 집에서 맞아야 한다고들 철석같이 믿고 있었다. 집이 아닌 곳에서 객사할 경우 원귀가 구천을 떠돈다고들 여기고 있었다. 해서 죽음을 앞둔 환자의 가족들은 의사의 절망적인 선고가 떨어지기 무섭게 부랴부랴 환자를 집으로 모셔가기 바빴다.

그날도 나는 거의 죽음을 앞둔 환자와 함께 비좁은 앰뷸런스에 갇혀 부산으로 향하고 있었다. 스스로 숨조차 쉴 수 없는 환자였기에 나는 환자 곁에 쪼그리고 앉아 열심히 엠부(ambu, 수동형 인공호흡기)를 주물러가며 환자의 생명을 가능한 한 연장시키고 있었다. 꼼짝없이 환자 곁에 쪼그리고 앉아 5시간을 버텨야 한다고 생각하니, 출발하기도 전에 머리가 지끈지끈 아파왔다.

목적지인 부산은커녕 앰뷸런스가 한남대교를 지나고 얼마 지나지 않아 엠부를 주무르는 내 손으로 저항이 느껴지기 시작했다. 그리고 얼마 지나지 않아 노인은 두 눈을 크게 한번 부릅뜨더니만 이내 잠잠해졌다. 사망한 것이다. 하지만 나는 객사만은 피하고 싫어 하는 가족들의 염원을 외면할 수 없어 계속해서 엠부를 주무를 수밖에 없었다. 간혹 임종을 앞둔 환자가 사망하기 직전 두 눈을 부릅떴다가는 숨을 놓는 경우가 있다. 이런 행동이 의식과는 전혀 무관한 반사적인 행동일 뿐이라 여기는 이들이 많지만 나는 생각이 다르다.

사망하기 전 잠깐 동안이나마 두 눈을 뜨는 건 본래 왔던 곳으로 돌아가기 전 생전에 가까이 지내던 사람들과 눈이라도 마주치며 작별인사라도 나누고자 함일지도 모른다는 생각을 나는 가져본다. 그리고 방금 전 운명한 노인이 두 눈을 뜨는 것으로도 모자라 부릅뜬 건 놀랐기 때문이라 생각한다. '허걱, 못 보던 놈인데 넌 누구냐!' 고맙다고, 사랑한다고 작별인사라도 나눌 양으로 어렵사리 두 눈을 뜬 건데 생판 모르는 나란 놈이 떡하니 앉아 있는 것이니 어찌 놀라지 않을 수 있겠는가.

노인의 보호자란 사람들은 운전석 옆자리에 앉은 채 약속이나 한 듯 말이 없었다. 안녕히 가시라고, 당신의, 아버님의 사랑을 가슴속 깊이 간직하겠노라고 인사라도 하면 어디 덧나기라도 한단 말인가. 노인의 가족들이란 사람들이 야속하게만 느껴졌다.

장례식장에서 울고불고 하며 생난리를 피우는 게 도대체 무슨 소용이란 말인가. 나는 장례식장을 다녀올 때마다 씁쓸한 감정에 사로잡힐 때가 많다. 장례식장이 고인을 추모하는 자리라기보다는 산 자들을 위한 자리로만 내 눈에 비칠 때가 많기 때문이다. 깔끔한 영정사진이며 넘치는 조화가 도대체 무슨 의미가 있는지 모르겠다.

체면치레, 허식, 산 자들을 위한 배려만 있을 뿐 정작 고인이 들어설 자리는 없는 게 아닌가. 그렇지 않고서야 임종을 앞둔 아버님을, 어머님을, 남편을, 아내를, 자식을 그렇듯 홀대할 수는 없는 노릇이다. 이미 돌아가신 분의 영정사진 앞에서 눈물 콧물 짜기보다는 임종하시기 전 눈이라도 한번 더 맞추는 게 의미 있는 일이 아닐는지.

편안한 자세로 승용차에 앉아 부산까지 가는 것도 쉽지 않은 노릇인데, 비좁은 앰뷸런스에 쪼그리고 앉아 엠부를 주무르며 부산까지 가기란 여간 고역이 아니었다. 다리는 저려오고 뻑뻑한 엠부를 주무르는 손가락은 쥐가 날 지경이었다. 하지만 그런 것쯤은 몰려드는 잠에 비하면 아무것도 아니었다.

꾸뻑꾸뻑 졸다 눈을 떠보면 푸르스름한 시신의 얼굴이 바로 코 앞에 다가와 있었다. 시신을 앞에 두고 그토록 졸 수 있는 것이라니. 나는 그렇게 졸다 깨다 하며 시신과 함께 부산까지 동행했다. 인턴생활을 하며 그런 경험을 수도 없이 한 탓에 나는 아무데서고 졸 수 있는 게 아닐까 하는 생각을 나름대로 해보는 것인데, 지나친 억측일까.

인턴시절 임종을 앞둔 환자와 함께했던 순간들을 떠올리다보면, 오만가지 기억들이 다 비집고 올라온다. 죽음을 맞는 환자들의 풍경이 세상 풍경만큼이나 다양하기 때문일 거다. 그런 풍경들 중 하나, 그날도 나는 앰뷸런스에 쪼그리고 앉아 엠부를 주무르며 환자의 집으로 향하고 있었다. 이런 곳에 사람이 사는 집이 있을까 싶을 정도로 첩첩산중의 산길을 앰뷸런스는 한 시간 넘게 달렸다.
어느덧 앰뷸런스가 멈춰서기에 주위를 둘러보았지만 사람이 사는 집이라곤 눈을 씻고 찾아봐도 보이질 않았다. 영문을 몰라 어리둥절해하는 나를 향해 환자의 가족 중 한 사람이 이곳부터는 차도가 없으니 걸어가야만 한단다.

'뭐하는 시추에이션?'

　환자의 가족들과 앰뷸런스 기사는 환자를 들것에 실어 생전에 환자가 살았던 집을 향해 무거운 걸음을 옮겨놓고 있었다. 나 역시 그들과 보조를 맞춰가며 엠부를 주무르느라 진땀깨나 흘리며 깊숙한 산속으로 걸어 들어갔다. 뭐하는 시추에이션인지 궁금하기는 산짐승과 보름달도 마찬가지인 듯, 여기저기서 산짐승들이 수런댔고 달도 최대한 동공을 부풀린 채 우리를 내려다보고 있었다.

　사람이 죽으면 흔히 돌아가셨다고들 말한다. '돌아가셨다'라는 말 속에는 우리가 흔히 알고 있는 죽음에 대한 냄새가 전혀 묻어있지 않다. 원래 있던 자리로 돌아갈 뿐 존재 자체가 영원히 사라지는 것이 아니라는 뉘앙스만 풍길 뿐이다. 인간이 본래 있던 곳으로 돌아가는 숭고하기 그지없는 순간, 그나마 덜 외로울 수 있는 건 어쩌면 인턴이란 햇병아리 의사가 있어 그런 건지도 모른다. 환자의 마지막 길을 지켜주고 동무가 되어 말을 걸어주는 이는 그토록 존경해 마지않던 대학병원의 주임교수도 아니고 수석 레지던트도 아닌 다름 아닌 인턴이다.

피곤에 절어 졸지언정 환자의 마지막 가는 길이 그나마 덜 외롭고 따뜻할 수 있음은 인턴이란 존재가 있어 그렇다. 아무것도 모르는 애송이라며 무시하기만 하던 인턴이란 존재의 위대함을 죽음에 임박해서야 깨닫는다는 것이라니, 이런 아이러니가 없다.

왜 인간이란 존재는 죽음에 임박해서야 하찮고 보잘것없는 존재의 위대함을 깨닫고 보게 되는 것인지 모르겠다.

작은 여우를 잡아라

솔로몬이 사랑하는 여인을 위해 지었다는 노래 중에 이런 구절
이 있다.

"우리를 위하여
여우 곧 포도원을 허는 작은 여우를 잡으라.
우리의 포도원에 꽃이 피었음이라."

솔로몬 같은 이가 쫀쫀하게 여우 타령이라니, 선뜻 이해가 가질
않았다. 솔로몬은 진기한 금은보화와 수천 명의 궁녀 속에 둘러싸

여 부러울 거 하나 없이 살았던 인물이라고 알려져 있기 때문이었다. 그런 이가 사랑하는 여인을 위해서라면 뭐는 못하려고. 한데, 고작 여우 그것도 작은 여우나 잡자니………?

짠돌이? 정말 사랑하는 거 맞아? 하지만 솔로몬의 트레이드마크가 '지혜'임을 감안하면 그리 단순히 판단할 일이 아닐 거란 생각이 막연히 들기도 한다.

치질 삼형제 중 하나가 치열이란 놈이다. 치열은 말 그대로 항문이 찢어지는 항문질환이다. 병변의 크기로만 보면 치열은 그야말로 쥐뿔도 아니다. 고작해야 1센티미터도 안되니까. 이렇다 보니 치료 역시 지극히 간단하기만 하다. 하지만 칼로 베이면 간단히 꿰매면 그만이라는 식으로 치열을 대했다간 큰 코 다치기 십상이다. 치열이 화낸다. 말이 찢어지는 거지 사실 치열은 궤양이라고 하는 게 옳은 표현이다.

궤양은 살점이 움푹 깎여나가는 병변을 일컫는다. 살점이 떨어져나간다는 상상만으로도 얼굴이 일그러지는 것인데, 그것도 모자라 누군가가 상처를 쑤셔대고 억지로 잡아 늘린다고 생각해보라.

생각만으로도 충분히 끔찍하다. 궤양 자체만으로도 통증과 불편함을 초래하는 것인데, 더더군다나 궤양의 위치가 항문이라면 사뭇 얘기는 달라진다. 똥을 누자면 항문이 벌어져야 하는데, 바로 그 부위에 깊은 상처가 있으니 환자가 느끼는 고통이 어떠할지를 짐작하기란 그리 어려운 일이 아니다.

치열환자가 세상에서 가장 두려워하는 존재는 다름 아닌 화장실이다. 치열환자에게 있어 화장실은 시댁보다, 잔소리를 늘어놓는 마누라보다 더 두렵고 피했으면 하는 존재임에 틀림없다. 대부분의 사람들은 치열이 통증만 유발시킬 거라 간단히 생각하는 경향이 있는데 사실은 그렇지가 않다. 치열의 은밀하면서도 치명적인 폐단은 정작 다른 곳에 있음을 기억해둘 필요가 있다. 굵거나 단단해진 똥이 항문 밖으로 밀려나오면서 항문 안쪽의 연한 살점에 상처를 낼 수 있는데 이를 치열이라고 했다.

급성기의 치열은 힘들이지 않고 배변을 할 수 있게끔 신경만 써주더라도 저절로 아무는 경우가 대부분이다. 하지만 이를 우습게 여기고 방치할 경우 얘기는 달라진다. 살짝 찢어진 상처를 오랫동안 방치할 경우 상처는 항문내 괄약근 경련을 일으키거나 아니면 자신의 모습을 궤양의 형태로 발전시켜 결국에는 항문을 좁아지게 끔 한다.

궤양에다 항문협착까지, 똥 눌 때 고생깨나 할 건 불을 보듯 뻔하다. 당연히 화장실 가기를 꺼려하게 될 테고, 결국 자연스레 먹는 것 또한 자제할 테고. 이래저래 스트레스가 이만저만한 게 아니다. 이 모든 상황이 맞물려 종국엔 변비가 초래되는 것인데 그렇게 되면 똥을 누기는 그만큼 더 어렵게 되고……, 항문은 더 찢어지게 되고……, 더 좁아지고……, 자연스레 배변을 억제하게 되고……, 변비는 더 악화되고……, 상처는 더 깊어지고……. 이런 악순환이 반복된다.

부부싸움은 지극히 사소한 것으로부터 시작되는 경우가 많다. 아내가 미용실에서 머리를 손질했는데도 남편이 그에 대해 일언반구 한마디 말조차 없다던가 하면 그게 빌미가 되어 결국 큰 싸움으로 번지는 경우를 나나 주변에서 흔히 볼 수 있다.

친구나 직장동료들 사이에서 일어나는 불화의 원인도 따지고 보면 별것도 아닌 일이 불씨가 되었음을 나중에 깨닫게 되는 경우가 비일비재하다. 경천동지할 사건이나 거창한 일보다는 지극히 작고 미미한 사건이 단초가 되어 사랑이나 우정에 금이 가기 시작하다가는 결국 박살나고 마는 경우를 우리는 주변에서 어렵잖게 목격할 수 있다.

솔로몬의 지적처럼 사랑이라는, 우정이라는, 가정이라는, 연인이라는 포도원을 허물어뜨리는 주범은 천둥번개나 폭풍우가 아니라 작은 여우일지도 모른다. 금은보화 속에 파묻혀 온갖 부귀영화를 누리며 살지라도 작고 사소한 것들에 의해서 사랑하는 연인과 틀어지게 되고 사랑도 식어버릴 수 있음을 깨닫기란 쉽지 않을 텐데……. 그래서 그를 지혜의 왕이라 부르는가 보다.

솔로몬이 왕이 아니라 외과의사였다면, 그것도 치질을 수술하는 외과의사였다면, 그의 '작은 여우' 목록에는 분명 치열도 들어 있었을 거다.

4부

졸면 우야니꺼!

짧지만 눈부셨던 시절. 이미 지나가고 없기에 추억은 아름다운 거라고들 말하지만 내게 있어 정녕 아름다웠던 시절. 낙동강 백사장에 놓여 있던 호마이카 상, 금오산 중턱 어디쯤의 허름한 백숙집, 밤이면 나타나는 모기장을 두른 파라솔…… 그때 나는 경상북도 구미에 있었고, 인턴이었다.

서울만 떠올리면 우선 갑갑하다. 나는 서울에서 태어나 30년 가까이 살았기에, 촌놈의 시샘이나 질투쯤으로 여기면 곤란하다. 병원도 그렇다. 서울의 대학병원을 떠올리면 우선 숨이 콱 막힌다.

이에 반해 지방병원 하면 다소 헐거워지고 사람 사는 것만 같다. 온갖 허드렛일을 하며 이리 뛰고 저리 부딪히는 거야 어디고 차이가 없었지만 그래도 분명 지방병원은 서울병원과 달랐다.

한남동에서 짐을 꾸려 순천향대학 구미병원으로 향할라치면 절로 콧노래가 흘러나왔다. 무슨 일, 어떤 환자가 기다리고 있는지야 알 길이 없었지만 아무튼 마음만큼은 홀가분했다. 흡사 여행을 떠나거나 군대에서 외박을 나가는 기분이라고나 할까.

구미 병원의 경우, 한남동 순천향병원에 비해 병상수도 적고 환자군도 다양하지 않았기에 인턴이나 레지던트가 해야 할 일 역시 눈에 띄게 적었다. 시작도 끝도 없는 서울 병원에 비하면 구미 병원의 경우 일의 시작과 끝이 다소나마 있는 편이라 할 수 있었다.

당시 외과엔 인턴 1명, 레지던트가 연차 별로 각각 1명씩 셋이 있었다. 서울 병원의 경우 워낙 의사 수가 많고 스텝도 많아 레지던트는 눈에 띄지도 않을 정도였지만, 지방에서만큼은 의사 수가 부족한 탓에 레지던트의 역할이 컸고 그만큼 레지던트의 수장인 의국장의 권한 역시 컸다.

의국장인 레지던트 3년차는 땅딸막한 키에 다부진 체격으로 일이나 노는 것에 있어서 똑 부러지는 사람이었다. 자신이 외과의사라는 사실에 대단한 자긍심을 가지고 있는 만큼 수술이면 수술 뭐 하나 대충 하는 일이 없었다.

반면 레지던트 2년차는 의국장에 비해 느슨하고 여유 있는 성격으로 도무지 서두르는 일이라곤 없는 사람이었다. 레지던트 1년차는 이리 뛰고 저리 뛰며 병원을 헤집고 다니느라 정신이 없었다. 수련의 과정에서 1년차라는 신분은 혹독한 트레이닝으로 연단되는 시기였기에, 레지던트 1년차의 경우 말만 레지던트지 하는 일은 인턴보다 훨씬 고된 편이라 할 수 있었다.

외과 의국장은 제시간 안에 일을 처리할 것과 저녁만큼은 병원 밥을 축내지 않는 것을 철칙으로 삼는 사람이었다. 해서 부랴부랴 일을 마치면 모두들 병원 인근의 식당으로 찾아들어가기 바빴다. 병원 인근의 식당에서 간단히 식사를 할 경우에야 레지던트 1년차도 동참했지만, 병원과 다소 떨어진 곳으로 식사를 하러 갈 경우에는 부득불 1년차는 병원을 지켜야만 했다. 응급환자나 콜에 대비

해야 했으므로. 하지만 인턴인 나는 빠지는 경우가 거의 없었다. 식당이나 주점에서 '시다' 역할을 하는 것도 인턴이 해야 하는 일이었기에.

"오늘은 백숙으로 하지."

의국장의 지시에 레지던트 2년차가 차를 몰았다. 얼마 지나지 않아 시가지를 벗어난 차는 이내 산길로 접어들었다. 자가용이 내뿜는 헤드라이트 불빛을 향해 날벌레들이 먹구름처럼 몰려들었다. 차가 오를 수 있나 싶을 정도로 비좁고 험한 길이었다. 길옆으론 숲이 우거져 차를 타고 가는 내내 어디가 어딘지 구분조차 할 수가 없었다.

그렇게 한참을 오르다 인근의 야산에서 흔히 보게 되는 약수터만 한 크기의 평지에 다다랐고, 평지 저만치에는 허름한 집이 한 채 을씨년스럽게 서 있었다. 목적지인 백숙집이었다. 험악한 산길을 더듬어 찾아든 손님에게 주인은 어서 오라는 인사나 가벼운 미소조차 없었다.

젊은 주인 내외와 우리가 전부였다. 우리가 알아서 자리를 잡고

앉자 여주인은 군용 담요와 화투를 내왔고 남편으로 보이는 시커
먼 사내는 주방과 연결된 쪽문을 통해 밖으로 사라졌다. 식당인지
뭔지, 나는 진즉부터 주변을 둘러보며 경계 모드로 들어갔다. 어린
시절 내가 무서워하면서도 즐겨보던 TV 프로그램 중에 〈수사반
장〉이란 프로가 있었는데, 그런 프로에나 등장할 법한 식당이었
다. 산중턱에 자리 잡은 낡고 허름한 집, 미소는커녕 딱히 말 한마
디조차 건네는 일이 없는 젊은 내외. 장정 넷이었기에 망정이지
젊은 연인이 멋모르고 찾아들었다간 부리나케 도망 나오기 십상이
었을 게다.

의국장이 군용 담요를 펼쳐놓고 화투 패를 돌리기 시작할 즈음,
밖에서 닭이 내지르는 비명소리가 들려왔다. 시퍼렇게 날 선 식칼
을 들고 닭 모가지를 따는 주인 남자의 모습이 머릿속으로 퍼뜩
떠올라서는 좀처럼 지워질 줄을 몰랐다. 나는 백숙이고 뭐고 당장
에라도 자리를 뜨고 싶은 마음뿐이었지만 레지던트 선생들은 전혀
아랑곳하지 않은 채 화투짝을 들여다보기에 여념이 없었다.

한참을 지나 식탁으로 날려져 나온 백숙, 맛은 있었지만 아무리
그렇더라도 두 번 다시 찾아오고 싶은 마음은 나로선 손톱만치도

없었다. 식사를 마친 우리 일행은 조심스레 산길을 내려왔고, 다음 행선지인 백마강 백사장으로 향했다. 그 전에 재래시장에 들러 순대며 암뽕 등 간단한 안주거리를 마련하고서는.

백사장 어디쯤 대충 차를 댄 레지던트 2년차는 차의 뒤 트렁크를 열고는 호마이카 상을 끄집어냈다.

'웬 상?'

상의 다리를 잡아 펴 백사장 위에 든든히 고정시킨 선배는 그 위로 소주와 안주거리를 마구 펼쳐놓았다.

"뭐 해, 불을 피워야지."

"예?"

"주변에 마른 풀이나 땔감이 있나 알아보라구."

"아, 예."

나는 백사장 주변 구석구석을 뒤져 마른 풀이며 나뭇가지 등을 한 아름 안고 돌아왔고, 이내 불이 지펴졌다. 캠프파이어! 너른 백사장에 호마이카 상을 펴고 앉아 마른 잡풀들로 훤히 불을 밝혀놓은 채 유유히 흐르는 백마강을 바라보며 소주잔을 기울이고 있자니 그야말로 세상에 부러울 게 없었다. 이럴 줄 알았으면 기숙사에서 빈둥거리고 있을 간호사라도 데려오는 건데 하는 생각이 퍼뜩 스치고 지나갔다.

비번일 때면 나는 동료 인턴, 간호사들과 함께 금오산 자락으로 향하곤 했다. 금오산 자락에 위치한 넓은 주차장은 밤이면 야외 주점으로 변했다. 낮에는 가게 안에서만 얌전히 장사를 하던 주인 아주머니들이 밤만 되면 슬금슬금 자신들의 영역을 넓혀나갔다.
너나 할 것 없이 주차장 여기저기에 파라솔을 떡하니 들어앉혀 놓고는 술과 간단한 안주를 팔았다. 늦은 밤 금오산을 오르는 관광객은 없을 터, 말이 주차장이지 주차장은 텅 빈 광장이나 다름없었다. 주차하는 사람에게 피해를 주는 것도 아니고, 가뜩이나 땅 좁은 나라에서 빈 공간을 최대한 활용하자는 건데……. 모두들 공감하는 것인지 누구 하나 이를 시비 거는 이는 없었다.
금오산 정기를 받은 탓인지 장사를 하는 아주머니들 역시 어디가 달라도 달랐다. 너른 주차장에 달랑 파라솔만 세워 놓을 만큼 운치가 없는 분들이 아니었다. 소품을 이용해서 파라솔을 제법 근사한 주점으로 탈바꿈시켜 놓고는 손님을 맞았다. 돌이켜보면 그분들이야말로 장사를 할지언정 예술적 끼로 충만했던 분들이 아니었나 하는 생각이 든다. 소품은 달랑 모기장과 카바이트 불. 더 이상도 필요치 않았다.

진정한 고수들에겐 군더더기가 필요 없는 법. 모기장으로 둘러쳐진 파라솔 안에선 희미한 카바이트 불이 깜박거리고……. 캬, 더 이상 뭐가 필요하겠는가. 장사를 하는 아주머니들은 한사코 불빛을 보고 달려드는 모기 낮에 모기장을 두른 것이라고들 했지만, 나는 안다.

그들의 몸에 밴 겸손과 배려를. 금오산을 병풍처럼 세워놓고 모기장 안에서 가물거리는 카바이트 불빛을 받아가며 술잔을 기울이는 이들의 모습을 저만치에서 볼라치면 여간 정겹고 몽환적인 게 아니었다. 불빛을 보고 달려들지 않고는 못 배기는 모기처럼, 젊은 연인들 역시 모기장을 보고 그냥 지나치기란 불가능했다. 젊은 피를 주체하지 못하던 인턴시절, 나 역시 자주 모기가 됐다.

주말 오후가 되면 금오산 자락 어디쯤 너른 광장은 고고장으로 바뀌었다. 광장 구석에 설치된 스피커에서는 보니엠 같은 가수의 흥겨운 음악이 빵빵하게 흘러 나왔다. 그곳에서 젊은 남녀들은 집단으로 뒤섞인 채 질펀하게 몸을 흔들며 스트레스를 날려버리고들 있었다. 구미공단에서 일하는 젊은 남녀를 위한 행정기관의 배려쯤으로 생각되었다.

나도 간혹 그곳에 있었는데, 저만치에서 어깨를 들썩이며 바라만 보았을 뿐 그들과 몸을 섞지는 못했다. 돌아보면 여간 후회스러운 게 아니다. 원하면서도 남의 시선이니 뭐니 하는 것들 때문에 자신의 욕망에 충실하지 못하는 나의 그 잘난 습관은 이미 당시에도 몸에 배어 있었나 보다.

일과 술과 젊음이 전부였던 아름다운 시절이었다. 어딘지도 모른 채 그저 떠밀려가기에 바쁜 중년이기에 그 시절이 더욱 애틋하게 기억 밖으로 불쑥불쑥 튀어나오는 건지도 모르겠다. 구미에서의 인턴생활, 비단 이런 기억들만 내 머릿속에 박혀있는 건 물론 아니다.

실은 이보다 더 선명하고 오래도록 잊지 못하는 기억 하나. 정형외과 인턴으로 근무하고 있던 어느 날, 나는 할머니의 한쪽 다리를 사이에 두고 정형외과 레지던트와 마주보고 앉은 채 수술실에서 수술을 돕고 있었다. 파열된 인대를 봉합하는 비교적 간단한 수술이었다. 인턴이 하는 일이래야 피를 닦거나 봉합한 실을 잘라주는 게 고작이었다.

"졸면 우야니껴!"

느닷없는 할머니의 목소리에 나는 기겁을 하고 놀라 눈을 번쩍 떴다. 깜빡 졸았던 모양이었다.

"월메나 피곤하면 수술하다 말고 졸겠노."

나와 마주보고 앉아 있던 레지던트도 눈이 게슴츠레한 게 나처럼 졸고 있었음이 자명했다. 고도의 집중을 요하는 수술이 아닌 경우 더러 조는 경우도 있다지만 그렇다고 둘 다 졸다니. 레지던트도 나도 차마 할머니를 정면으로 바라볼 수 없었다. 수술은 다시 이어졌고 수술을 받는 내내 할머니는 안쓰러운 눈빛으로 우리를 힐끗힐끗 쳐다볼 뿐 다른 말은 없었다.

수술을 마친 레지던트는 수술이 잘 끝났으니 전혀 걱정하지 않아도 된다는 둥, 이만하길 다행이라는 둥 필요 이상의 친절을 할머

니에게 베풀었다. 이게 기억의 전부다. '골때리는' 해프닝쯤으로
여겼다면 잊힐 때도 되었건만, 잊히기는커녕 나이를 먹어갈수록
할머니의 모습이 눈에 선하기만 한 것이니……. 자동차끼리 슬쩍
부딪히기만 해도 병원에 드러누워 소송이네 뭐네 하며 유별을 떠
는 세상이다.

파마가 마음에 차지 않는다며, 식당 온수기 물이 너무 뜨거워
입천장을 데였다며 소송하는 이도 있다고 한다. 그야말로 소송으
로 넘쳐나는 세상이다. 판사들도 꽤나 안됐다. 가만 보면 선진국
일수록 사소한 소송이 많은 것만 같다. 미국만 보더라도 걸핏하면
소송 아닌가. 소송이 늘어날 수밖에 없는 생리를 가진 게 선진국이
라 하면 나는 우리나라만큼은 굳이 선진국 대열에 끼지 않았으면
하는 바람이다.

요즘 들어 부쩍 할머니의 모습과 말씀이 불쑥불쑥 떠오르는 것
은 내가 살아가는 세상이 팍팍하거나 내 삶이 삭막해서일 거다.
1989년 여름, 어쨌거나 좋은 시절이었다.

촌지 삼천 원

아내도, 나도 김치를 좋아한다. 하여 우리 집 식탁 위에 김치가 놓이지 않는 날은 없다. 아내는 김치를 담글 줄 모른다. 하여 나는 아내가 담근 김치를 맛본 적이 없다. 하지만 어떤가. 김치가 끊일 날이 없고 내 곁에 바싹 붙어앉아 나만큼이나 맛나게 김치를 먹어 주는 아내가 있으면 그만이지.

그런 맛난 김치가 있어 고맙고 그런 살가운 아내가 있어 그저 행복할 따름이다. 김치를 잘 담그는 아내와 사는 옆집 김 부장도, 김치를 담근 경험이 없는 아내와 사는 나도 꼬박꼬박 빠뜨리지 않고 김치반찬을 먹긴 마찬가지니, 세상살이가 그지없이 오묘하고

고맙기만 하다. 두루두루 나눠주는 세상 덕에 아내와 나는 행복하
다.

결혼 후 우리 부부는 부모님 댁 근처에서 신혼생활을 시작했다.
나는 레지던트 3년차, 아내는 나보다 다섯 살 아래. 집보다 병원에
있는 시간이 많고 늘 피곤에 절어 있으면서 잠이 부족한 남편. 가
족이 미국으로 이민을 간 탓에 미국에서 공부하다 내게 엮여 후닥
닥 서둘러 결혼을 하고 얼떨결에 주부가 되어버린 아내. 그런 우리
부부에게 어머니는 늘 김치를 날라다 주셨다.
우리 어머니 역시 여느 어머니와 마찬가지로 맛있게 먹어주는
자식들 탓에 김치를 담그고 김장을 하는 분이셨다. 노인네 두 분만
드시자면 굳이 배추를 다듬고 김장을 할 이유가 무에 있겠는가.
노인네 두 분이 드시면 얼마나 드신다고. 슈퍼에만 가도 널린 게
김친데. 목천면 보건지소에서 공중보건의사로 근무하던 시절에는
마을 할머니나 아주머니들로부터, 개원을 하고 부터는 환자나 간
호사 심지어 원무과 직원으로부터도 엄청나게 얻어먹었다. 맛있게
먹어주는 나를 보며 더 즐거워하고 고마워하는 것이라니, 고맙기

도 하고 미안하기도 하다. 개원을 하느라 진 빚 외에도 환자나 환자의 가족에게 진 빚 또한 크다. 나란 사람의 삶은 살수록 빚만 늘어나는 것 같다.

한 사람의 손끝에서 나온 것이 아니기에 내가 맛보는 김치 맛은 매번 다르다. 김치통을 새로 헐 때마다 다른 맛이고, 이런 이유로 물릴 턱이 없다. 먹던 김치가 다 떨어져갈 때쯤 되면 은근히 다음 번에 맛보게 될 새 김치통에 대한 기대로 설레기까지 한다. 식탁 위로 오르는 김치이 종류만도 장난이 아니다.

배추김치, 깍두기, 백김치, 열무김치, 갓김치, 나박김치, 동치미, 총각김치, 고들빼기김치……. 새삼 김치 담그는 법을 배우지 못한 아내가 고맙기만 하다. 혹여 아내가 김치 담그는 걸 배우기라도 했다면 내 어찌 이토록 다양한 김치를 구경이나 할 수 있었겠는가. 기막힌 맛은 뒤로하고라도.

가끔은 서울 부모님 댁에 갈 때 김치를 가져다 드리는 경우도 있다. 아내가 담근 김치라는 나의 말에 어머니는 흔쾌히 속아 넘어가 주신다. 김치만이 내가 얻어먹는 음식이라 여기면 오산이다.

꼬부랑 할머니가 손수 수확한 깻잎으로 짠 들기름, 시부모님이 담 갔다며 원무과 직원이 내어놓는 고추장, 사슴농장 아저씨가 몸에 그만이라며 정성스레 건네주는 녹용, 성환 배, 청양 고추……. 이러니 36 내 허리 사이즈는 줄 날이 없다. 이미 치료비를 다 지불했음에도 그걸로도 모자라 이것저것 챙겨주기 바쁜 것이니, 고마우면서도 셈이 느린 분들이다.

내게 이것저것 챙겨주는 환자나 환자의 가족치고 고맙지 않은 분이 없지만, 유독 고맙고 기억에 오래오래 남아 있는 분이 있다. 음성병원에서 만났던 할머니다. 내가 인턴이던 시절 순천향대학병원은 서울 한남동 외에도 천안, 구미, 음성에 흩어져 있었기 때문에 인턴은 서울과 지방을 오고가며 근무를 해야만 했다. 음성병원 산부인과에서 인턴 근무를 하고 있던 어느 날, 유독 고통스럽게 산통을 겪는 아주머니가 있었다.

있는 욕, 없는 욕을 남편에게 퍼부어대고 비명을 지르며, 지나치다 싶을 정도로 몸을 뒤틀며 발버둥을 치는 통에 인턴인 나는 있는 힘을 다해 환자의 팔을 붙들고 서 있을 수밖에 없었다. 산모의 온

몸은 땀으로 범벅이었고, 목은 쉴 대로 쉬어 있었다. 풋내기 의사였던 나는 무섭기까지 했다.

이러다 사람 잡겠다 싶었다. 산모가 어찌나 비명을 질러대며 내 손등을 꼬집어대는지 그야말로 내 손등은 상처투성이가 되고 말았다. 이럴 바엔 내가 애를 낳고 마는 게 낫지 싶었다. 분만실 밖에서 대기하고 있는 가족들은 아마도 의사가 아내를, 며느리를 잡는다고 생각했으리라. 그렇듯 힘겨운 시간이 지나고 예쁜 공주님이 태어났다. 출산과 동시에 잠시 혼절해 있던 산모가 깨어나더니만 허공을 향해 한마디 내뱉었다.

"아들인가요?"

"예쁜 공주님입니다."

분만실에선 또 한바탕 소란이 일었다. 딸이라는 말에 산모는 병원이 떠나가라 목놓아 울었다. 분만실인지 장례식장인지……. 한참을 통곡하던 산모가 갑자기 울음을 뚝 그쳤다. 그리고는 내뱉은 한마디.

"언제 다시 애를 낳을 수 있죠?" 자신이 겪은 고통을 생각하면 그렇듯 쉽게 던질 수 있는 말이 아니었다. 다시는 애를 낳지 않겠다고 하면 모를까, 부적절한 대사였다. 나는 그날 보고야 말았다. 여자가 얼마나 독한 존재인가를.

　분만실을 나와 1시간쯤 지났을까, 나는 인턴숙소 근처의 복도에서 서성대는 할머니와 마주쳤다. 용케도 할머니는 나를 알아봤다. 하긴 그 난리를 쳤는데 어찌 잊을 수가 있겠는가. 반색을 하며 내게로 몇 발짝 다가선 할머니가 나를 향해 물었다.
　“의사 선상님이 몇 분이나 계신데유?”
　나는 의아해하며 얼떨결에 셋이라 대답했다. 산부인과 레지던트 1년차, 2년차, 그리고 인턴인 나.
　“이걸로 식사나⋯⋯.”
　말이 떨어지기 무섭게 내게로 다가온 할머니는 내 가운의 주머니 속으로 봉투를 찔러놓고는 총총 사라졌다. 촌지라는 거였다. 고생이야 했지만 그렇다고 의사 수까지 물어가며 촌지를 챙겨주시다니. 숙소로 돌아온 나는 슬그머니 가운으로 손을 집어넣었다. 꺼내 보니 봉투마냥 정성스레 접은 신문지였다. 설레는 마음으로 펼친 신문지 안에는 누렇게 바래고 너덜너덜해진 지폐 몇 장이 들어있었다.

'3천 원!'

황당하기 이를 데 없었지만, 순간 코끝이 찡해왔다.

치핵이 한우라도 된단 말인가?

'치질' 하면 모르는 이가 없을 테지만 '치핵' 하면 생소한 경제용어만큼이나 낯설게 여길 이들도 많지 싶다. 대부분의 사람들은 항문에 뭔가 매달려 있거나 항문을 통해 들락날락하는 성가신 살집이 생기는 병을 치질로 알고 있다. 하지만 정확한 병명은 '치질'이 아닌 '치핵'이다. 치질은 치핵이나 치루, 치열과 같이 항문에 생기는 병을 통틀어 이르는 말이다. 이를 굳이 구분하고 따질 필요가 있을까?

물론 나 역시 그럴 이유는 없다고 본다. 치질이면 어떻고 치핵이면 어떤가. 서로 알아들으면 그만이고 그것으로 족하다. 따져봐야 가뜩이나 피곤한 삶에 귀찮은 짐 하나만 보태는 격이다. 그렇다고 하면서 내가 굳이 한마디하고 넘어감은 정확한 명칭이 그렇다는 얘기지 별 뜻은 없다.

"수술하면 많이 아프다면서요?"

"수술을 받으면 언제부터 술을 마실 수 있습니까?"

"수술 후 언제부터 부부생활이 가능하죠?"

"1인실은 있나요?"

"수술비는 얼마나 드나요?"

"선생님은 치질 수술을 몇 건이나 해보셨죠?"

환자들이 내게 늘어놓는 질문은 한두 가지가 아니고 퍽이나 다양하다. 치핵으로 병원을 찾은 환자들이 내게 던지는 질문 가운데 자주 등장하는 레퍼토리가 '몇 기'냐는 것이다. 수술이 필요한지 아닌지를 물으면 그만인 것을 굳이 자신의 병이 몇 기냐며 의사인 나를 피곤하게 하는 이유가 뭔지 모르겠다.

이 정도는 알고 왔으니까 아무것도 모를 거라 생각하고 뻥치지 말라고 무언의 으름장을 놓는 것인지, 아무튼 이유를 알 수야 없지만 꼭 필요한 질문은 아니라는 생각이 든다. 환자의 질문에 대답해주면 그만이지 뭔 군소리가 그리도 많으냐며 내게 따질 이도 있지싶다. 깨끗이 승복한다. 환자가 늘어놓는 어떤 질문에도 대답해주어야만 할 의무가 의사인 내게 있음을 인정한다.

이런 불필요한 오해와 실랑이가 벌어지게 된 데에는 뭐가 되었든 '기'라면 치를 떠는 나란 인간의 편견이 한몫한다. 이 면에 있어서만큼은 나 역시 중병에 걸린 환자다. 어찌 보면 세상에서 완전한 건강을 가진 이는 없다. 누가 되었든 상처를 안고 살아가고 그래서 모두들 환자다. 상처나 고통의 정도만 다르고 극복하는 과정만 다를 뿐이다. 나는 '기'니 '선후배'니 하며 따지는 이들을 혐오한다. 이런 이들을 보면 신경이 날카로워지고 속이 메슥거리기까지 한다. 이 정도면 개인의 성향이라기보다는 질병에 가깝다고 해야 할 것 같다. 나 역시 선천적으로 그랬던 건 아니다. 까닭 없이 이런 몹쓸병에 걸리게 된 것 또한 아니다. 잠재되어 있던 내 병이 급속도로 번지기 시작한 건 내가 병원에서 수련을 받으면서부터였다. 병을 고치는 병원에서 병을 옮은 것이라니, 이런 모순이 없다. 돌이켜보면 인턴이나 레지던트로 사는 삶이야말로 모순 덩어리란 생각이 든다. 1년 먼저 병원에 들어왔다는 지극히 하찮은 이유만으로 독재 군주처럼 군림하는 것이고, 1년 늦었다는 이유만으로 머슴처럼 살아야 하는 것이라니. 그냥 머슴도 아니다. 온갖 굴욕과 구타까지도 찍소리 한마디 못하고 무작정 견뎌내고 감수해야만 하는 머슴 중에서도 가장 비참한 머슴. 이런 엄청난 차별과 등급이 단지 일이년이라는 지극히 작은 시간 차이로부터 기인하는 것이라니, 불가사의에 가깝다. 환자가 되었든 누가 되었든 우리나라 사람들은 '기'라는 단어를 꽤나 좋아하는 듯하다. ○○대학 2기 졸업생, ROTC 5기 등과 같은. 치핵의 경우 요즘엔 '기'보다는 '도'라는 말을 많이 사용한다. '도'를 표준어로 생각해도 무방하지 싶다. 궁금해하는 이들이 많은 만큼 치핵의 '도'에 관해 잠깐 언급해야 할 것 같다.

1도 치핵은 똥을 눌 때 피만 날 뿐 다른 증상은 없는 경우를 일컫는다. 여기서 잠깐 한마디하고 넘어가야겠다. 교과서나 신문 등을 보면 똥을 눈다는 표현보다는 대변을 본다는 표현이 많은데, 실로 유감스러운 현상이 아닐 수 없다. 유감 정도가 아니다. 울화가 치민다. 짜증이 난다. 아무도 없는 곳에 가서 실컷 소리라도 지르고 싶다. 욕지거리라도 퍼붓고 싶다. 대변은 일본식 한자어이고 똥은 순우리말이다.

한데 무슨 이유로 대통령이 되었든 아나운서가 되었든 교수가 되었든 똥을 똥이라 부르지 못하는 것인지 모르겠다. 벨도 없는가? 자존심 하나에 목숨 걸던 이들은 다 어디로 사라지고 만 건가? 이제부터라도 똥을 똥이라 부르자. 2도 치핵은 똥을 눌 때 치핵 덩어리가 항문 밖으로 밀려나왔다가 저절로 들어가는 경우를 말한다.

3도 치핵은 항문 밖으로 밀려나온 치핵 덩어리가 저절로 들어가지는 않고 손으로 밀어 넣어야만 들어가는 경우를 일컫는다. 4도 치핵은 치핵 덩어리가 항상 항문 밖으로 나와 있으면서 어떤 방법으로도 항문 안으로 들어가지 않는 경우를 말한다. 이쯤 되면 통증도 심해 병원을 찾지 않고는 배기질 못하게 된다.

4도 치핵의 경우 항문에 꽃이 핀 것과 같은 모양이라 하여 의사들은 우스갯소리로 '해바라기'라고 부르기도 한다. 일견, 1도 치핵보다는 4도 치핵이 증상도 심하고 골칫거리라 생각하기가 쉽다.

하지만 꼭 그런 것만은 아님을 유념할 필요가 있다. 오히려 1도 치핵이 가장 위험할 수 있다. 2-4도 치핵은 항문 밖으로 밀려나오는 덩어리를 눈으로 확인할 수 있기 때문에 누가 보더라도 단박에 치핵임을 알 수 있는 반면 1도 치핵은 피만 나올 뿐 다른 증상이 없어 단순히 치핵이겠거니 하다가는 낭패를 볼 수도 있기 때문이다. 피가 나기에 치핵이겠거니 하고 병원을 찾았다가는 직장암이란 진단을 받고 소스라치게 놀라는 환자들도 있음을 명심해야 한다.

치핵은 한우가 아니다. 따라서 등급에 연연할 이유 같은 건 없다. 나이는 숫자에 불과하다고들 하는데 어찌 나이뿐이겠는가. 암이 되었든, 치핵이 되었든 '기'라고 하는 것 역시 단지 숫자에 불과하다.

터무니없는 의료상식

근거도, 터무니도 없는 얘기가 확고부동한 진리라도 되는 양 행세하는 경우를 심심찮게 보게 된다. 매스미디어 탓에 실제와 이미지를 구분하기 어려운 세상이라고는 하지만 그래도 인간의 건강과 생명을 다루는 의학정보만큼은 바르게 전해졌으면 하는 바람이다. 환자에게 맹장염이라는 진단을 내리면 환자나 환자의 보호자는 턱도 없는 소리 말라는 듯 잔뜩 미심쩍어하는 눈빛으로 나를 노려보기도 한다.

"환자가 이렇듯 자유자재로 다리를 구부릴 수 있는데, 맹장염이라뇨?"

"그게 무슨……?"

"맹장염인 경우에는 다리를 구부리지 못한다고 하던데요,"

"예? 누가 그런 말도 안 되는 소리를……."

전혀 근거도 없는 황당무계한 얘기가 이렇듯 널리 퍼지게 된 경위도 그렇거니와 환자가 이를 확고한 진리마냥 철석같이 믿고 있는 이유를 나로선 납득할 길이 없다. 이와 같이 허무맹랑한 얘기는 비단 맹장염에 국한된 것만도 아니다. 확신에 찬 어조로 내게 늘어놓는 환자들의 허황되고 위험하기까지 한 의료상식에 입이 딱 벌어지는 경우가 한두 번이 아니다. 다른 건 뒤로하고 내가 대장항문 전문의사이니만큼 치질과 관련된 헛소문에 대해 몇 가지 짚고 넘어갈까 한다.

치질을 오래 방치하면 암으로 변하는 게 아닐까 하고 한 걱정하는 환자들이 의외로 많다. 단언하건대 치질과 암은 아무런 연관성도 없다. 치질을 오래 방치할 경우 치질이 악화되어 빈번한 출혈이나 통증 등이 유발되는 거야 자명하지만 그렇더라도 결코 암으로 발전하는 건 아니다. 치질은 암치질과 수치질로 나눌 수 있다.

암치질의 경우 암과 연관성이 있는 것으로 오해하는 환자들이 더러 있는데, 이는 암치질의 '암'자 때문이다. 우스운 얘기 같지만 암치질의 '암'자를 대장암이니 위암이니 하는 '암'자와 연관지어지레짐작으로 가슴을 쓸어내리는 환자들이 많다. 치질은 암과 아무런 연관도 없는 만큼 치질로 인해 사망할 수도 있다는 괜한 걱정은 전혀 할 필요가 없다.

치질수술을 받으면 괄약근이 망가져 똥이 질질 샐 위험이 있다고 믿는 환자들이 많다. 수술받을 당시는 아니더라도 나중에 나이 들어 고생한다고 철석같이 믿는 환자들 또한 부지기수다. 단도직입적으로 말하면 그런 일은 없다. 치질수술을 하는 외과의사가 환자의 항문 괄약근을 의도적으로 손상시키리라 마음먹지 않는 한 그런 일은 일어나기도 어렵다.

항문을 조이고 푸는 기능은 달랑 근육 하나가 맡고 있는 게 아니라 3겹의 항문외괄약근, 항문내괄약근, 치골직장근 등 여러 개의 근육이 긴밀히 공조하고 있다. 이럴진대 부러 맘을 먹지 않는 한 항문괄약근 모두를 절단 내기란 불가능하다. 괄약근이 손상될까 두려워하는 환자들 중 더러는 무면허 시술자를 찾는 경우도 있는데, 황당하고 어이없는 일이 아닐 수 없다. 의사도 아닌 무면허 시술자가 항문 주변에 약물을 주사한다거나 시술을 하는 거야말로 위험천만한 일이 아닐 수 없다.

괄약근이 썩어 똥이 줄줄 샐 수도 있고 간혹 패혈증에 빠져 사망하는 경우두 있기 때문이다. 괄약근이 손상될까 두려워 수술을 미루는 환자가 혹여 있다면, 안심하시라. 그런 일은 결코 없을 테니까.

치질수술을 받으러 온 환자로부터 내가 자주 듣는 질문 가운데하나가 레이저수술에 관한 거다.

"레이저로 수술하면 아프지 않다면서요?"

"레이저로 수술하면 상처가 거의 생기지 않는다면서요?"

"레이저로 수술하면 입원도 필요 없다면서요?"

레이저 타령을 하는 환자가 한둘이 아니다. 우리나라 사람들, 정말이지 레이저를 엄청 좋아하고 선호한다. 하긴 그게 어디 환자 탓이랴. 의사 탓이면 의사 탓이지. 레이저지방성형수술, 피부레이

저수술, 녹내장레이저수술, 심지어 레이저포경수술까지, 그야말로 레이저로 넘쳐난다.

레이저가 반드시 필요할 뿐만 아니라 메스를 들이대는 것에 비해 엄청난 장점이 있는 수술도 엄연히 존재하는 것을 나 역시 인정하기에, 뭐라 왈가왈부할 생각은 추호도 없다. 다만 내 분야인 치질수술에 있어서만은 한마디하지 않을 수가 없다. 치질수술에 있어서도 레이저는 만능이며 짱인가? 단도직입적으로 말하면, 결코 그렇지 않다. 전혀 사실무근이다. 레이저나 메스 둘 다 별반 차이가 없는 것으로 알려져 있다. 치질수술을 하는 외과의사치고 레이저 수술 장점 운운하며 열을 올리는 의사는 거의 없다. 이름깨나 알려진 대장항문전문병원이나 대학병원 역시 레이저보다는 메스를 선호한다. 장점도 없는데 굳이 고가의 레이저 장비를 동원해 수술을 할 필요가 없음은 너무나도 당연하다. 레이저로 치질수술을 받았더니 아프지도 않고 그렇게 편할 수가 없다며 침이 마르도록 레이저를 예찬하는 이들이 간혹 있다. 그런 이들의 말을 들을 때마다 나는 마음이 영 개운치가 않다. 레이저로 수술을 받았기 때문에 아프지 않았던 게 아니라 그다지 수술다운 수술이 이루어지지 않았기에 아프지 않았음을 알기 때문이다. 치지수술 후 환자가 느끼는 통증의 정도를 결정짓는 것은 레이저나 메스가 아니요 환자의 치질상태다. 치질이 심하면 수술이 커질 수밖에 없고 그렇게 되면 통증 또한 증가할 수밖에 없는 건 너무나 당연한 이치가 아닌가.

빨간 색의 피가 비치면 치질이고 검붉은 색의 피가 나오면 대상 암이나 직장암이라는 말이 여기저기 떠도는 듯하다. 백 퍼센트 틀린 말이라고 할 수만은 없지만 그렇다고 옳은 말이라고 할 수만도 없다. 아니 이는 옳고 그름을 떠나 대단히 위험천만한 의료상식이라 해두는 게 좋을 것 같다.

대장이나 직장에 생긴 암에서 출혈이 될 경우 다소 탁한 색의 출혈을 보이는 경향이 있다. 하지만 피의 색깔만으로 암인지 치질인지를 구분하는 것은 전문가라 할지라도 쉬운 일이 아니다. 하물며 일반인이 피의 색깔로 자가진단을 내린다는 것은 어불성설이자 대단한 도박이라 하지 않을 수가 없다.

근거도 없고 터무니없는 말에 더 이상 현혹될 이유가 없다. 괜한 마음걱정 할 필요 역시 없다. 거짓된 정보에 혹하다 소중한 건강을 해칠 이유는 더더욱 없다.

혈전성 외치핵에 불과하다

항문에 혹이 생겼다며 수심 가득한 얼굴로 병원을 찾는 환자들이 있다. 대부분의 환자가 그저 치질이겠거니 하고 태연한 반면 이들은 유난히 불안해하며 안절부절 못하고 어쩔 줄 몰라 한다. '혹' 하면 '암'부터 떠올리다보니 그렇다. 누가 되었든 '혹'을 반기고 달가워 할 이야 없겠지만 어디 '혹'이라고 다 암인가. 그야말로 쥐뿔도 아닌 '혹'도 얼마든지 있는 것이다. 이런 환자들이 진찰실에 들어서자마자 대뜸 내게 꺼내놓는 얘기는 대충 이렇다.

"불안해서 어젯밤 한숨도 자지 못했습니다."

"항문암에 걸리면 어떻게 되는 겁니까?"

"수술로 나을 수는 있는 건가요?"

의사인 내게 보이지도 않고 나름대로 자가진단까지 내리고는 내게 말을 건네는 환자의 표정이 여간 심각한 게 아니다. 당장에라도 울음을 터뜨릴 듯 애처롭기까지 하다. 혈전성 외치핵을 가지고 비약이 심해도 여간 심한 게 아니다. 비약과 상상력으로만 따지자면 웬만한 시인이나 소설가보다 백배는 낫다.

혈전성 외치핵은 말 그대로 항문에 혈전이 생겨 콩알처럼 부풀어 오르는 항문질환을 일컫는다. 외양은 푸르스름한 빛깔을 띠고 있는 경우가 많으며 만져보면 콩알처럼 딱딱하다. 약간의 통증과 불편감만 있을 뿐 그다지 심각한 증상을 보이는 경우는 거의 없다. 차가운 바닥에 오래 앉아 있거나 항문에 갑작스레 힘을 줄 경우 생기기 쉽다.

남자들의 경우 상가에 오래도록 앉아 술을 마시며 고스톱을 친 다음날 생기는 경우가 흔하다. 슬픔을 당한 친구를 찾아가 위로해주는 거야 좋지만 다음날 엉거주춤한 자세로 병원을 찾아야 한다면 좀 곤란하지 싶다. 말이 나온 김에 한마디하자면 이제 우리나라

문상 문화도 바뀌어야 하지 않을까. 혈전성 외치핵은 단순히 피가 소량 엉겨붙은 것이기에 혈전만 제거해주면 그만이다. 따뜻한 물로 좌욕을 자주하는 것만으로도 증세의 호전을 기대할 수 있지만 이럴 경우 번거롭고, 낫기까지 시간이 오래 걸린다는 성가시고 귀찮은 문제가 있다.

해서 웬만하면 수술로 제거하는 것이 좋다. 수술이라면 손사래부터 치는 이들도 많은데, 혈전성 외치핵을 제거하는 것은 말이 수술이지 알고 보면 수술이라고 할 수도 없다. 그만큼 간단하다. 수술시간이라고 해봐야 채 5분도 걸리지 않는다.

국소마취 후 약간 째고 혈전만 제거해주면 수술 끝. 당연히 입원도 필요 없다. 수술 후 번거롭게 외래를 다니며 치료를 받을 이유 또한 없다. 물론 수술 당일부터 목욕이 가능하고 정상적인 생활을 하는 데 있어서도 전혀 문제될 게 없다. 이 정도 되면 거창하게 수술이니 뭐니 하는 표현보다는 그저 손가락에 박힌 작은 가시를 뺀다고 하는 편이 나을 듯도 싶다.

이렇듯 쥐뿔도 아닌 병을 가지고 오만가지 상상을 하는 환자들을 보고 있자면 안타깝기 그지없다. 그런 환자가 내 친구였다면 나는 그를 소심한 놈이라고 두고두고 놀려댔을 것이다. 소설이나 써보라고 비아냥거렸을 것이다. 하지만 곰곰이 생각해보면 웃을 일도 아니요 결코 남의 일이라 가벼이 생각할 수만도 없을 것만 같다.

나 역시 살아가면서 별것도 아닌 일을 가지고 제멋대로 상상을 하며 지레 겁먹고 의기소침해지는 경우가 너무나 많음을 잘 알기 때문이다. 우리가 앞질러 염려하고 애를 태우는 근심거리들이 실제로 현실 속에서 일어나는 경우는 극히 희박하다고들 한다. 살면서 우리가 겪는 고민거리의 대부분이 혈전성 외치핵마냥 지극히 사소하고 간단한 것들이라는 얘기다.

화장실이 수상쩍다

캘리포니아의 글렌데일에는 '아메리카나'라는 쇼핑몰이 있다. 나는 베이커스필드에 사는 친지 집에 들렀다가 가족과 함께 잠시 들른 적이 있는데, 아담하면서도 럭셔리한 것이 여자들의 마음을 단숨에 훔치고도 남을 만한 곳이란 인상을 받았다. 명품이니 뭐니 하는 것에 유독 집착을 보이는 여성이라면 더더욱 그렇겠다 싶었다. 대부분의 남성들과 마찬가지로 나 역시 쇼핑이라면 질색이다.

사람들과 상품들 속에 묻혀 잠깐만 걸어도 머리가 지끈거리고 속이 메슥거리는 게 잠깐 한적한 곳으로 나와 쉬지 않고는 못 배긴다. 그날도 예외는 아니었다. 친지들과 아내는 소풍 나온 아이들마냥 이 매장 저 매장 둘러보며 흥분을 감추지 못했다. 합류할 지점과 시간을 일러주고는 나는 슬그머니 매장 밖으로 빠져나왔다.

친지나 아내는 나의 제안에 얼씨구나, 하는 눈치였다. 잔뜩 우거지상을 한 채 투덜투덜 따라다니는 나를 떼어놓는 것만으로도 그들의 즐거움은 배가 될 테니까. 자기들이 눈독을 들이는 상품을 냉큼냉큼 계산해준다면 모를까, 그렇지 않다면야 내켜하지 않는 남편을 굳이 끌고 다닐 이유가 아내로서도 없었다. 모처럼의 완벽한 합의.

나는 매장으로 들어가면서 미리 봐뒀던 야외의 분수가로 나와 벤치에 앉았다. 바깥바람을 쐬는 것만으로도 살 것 같았다. 얼마 지나지 않아 나는 책을 들고 오지 않은 것을 후회했다. 쇼핑몰에 갈 때면 으레 읽을 책을 지참하는 게 나의 오래된 습관인데 그날은 그렇지를 못했다. 토렌스에서 베이커스필드로 올라오는 길에 즉흥적으로 쇼핑몰에 들렀던 까닭이었다. 얼마간 물끄러미 분수를 바라보고 앉아 있던 나는 자리에서 일어섰다. 담배 생각이 간절했기 때문이었다. 야외라고 아무데서나 담배를 피울 수가 없었기에 나는 재떨이가 마련된 곳을 찾아야만 했다. 몇 걸음을 옮겨놓던 나는 일식집 앞에서 감전된 듯 멈춰서고 말았다. 카운터에 서 있는 세 여자가 나의 눈길을 사로잡았다. 실내와 야외에서 음식을 즐길 수 있게끔 되어 있는 일식집이었는데, 특이하게도 카운터는 실외에 있었다. 카운터 앞에서 미소를 띤 채 손님을 맞는 세 여자는 목과 어깨를 다 드러낸 검은색 롱드레스 차림이었다. 시원시원하게 위로 뻗은 키에 늘씬한 몸매, 아름다운 얼굴. 단지 이것뿐이라면 내가 그다지 놀랄 것까지는 없었을 것이다. 한국에도 그런 여성은 널렸으니까. 내 눈길을 사로잡은 건 그녀들이 발산하고 있는 완벽한 조화의 아름다움이었다. 컨셉이 기막혔다. 출판사나 광고회사에만 시인들이 득실대는 줄로 알고 있었던 나는 세 여자를 보고서야 이곳 '아메리카나'의·일식집에까지 시인이 흘러들었음을 알게 되었다. 세 여자! 흑, 황, 백! 피부색이 다른 세 여자가 연출해내고 있는 아름다움은 감동 그 자체였다. 일식집 카운터 앞에서 서빙을 드는 이들이라기보다는 신전(神殿) 앞에서 거룩한 의식을 집전하고 있는 성녀들로만 내 눈에 비쳤다. 시인이 아니고서야 누가 저런 컨셉을 상상이나 할 수 있겠는가. 시인이 아닌 사장의 컨셉이라

해도 놀랄 건 없었다. 시인보다 자본가가 시詩를 더 많이 아는 세
상인데, 뭐. 그녀들에게서 눈을 떼지 못하고 서 있던 나는 마음속
으로 중얼거렸다. 여보, 오늘만큼은 서두르지 말고 마음껏 즐기다
가 천천히 그것도 아주 천천히 와주길 바라. 뭔 쇼핑을 그리 오래
도록 하느냐며 핀잔 줄 일은 없을 테니까.

　방광이 찼으면 비워줘야 할 거 아냐! 잠시 후 방광이란 놈이 죽
겠다며 아우성이었다. 눈물을 머금고 자리를 뜰 수밖에 없었다.
나는 걸어가는 내내 힐끔힐끔 뒤를 돌아다보며 화장실로 향했다.
처음엔 내가 잘못 찾아 든 줄로만 알았다. 어찌나 사치스럽고 비까
번쩍하던지, 이건 화장실이 아니라 고급식당이라 해도 믿을 판이
었다. 남들이 싸고 누기에 나도 눴다. 아무도 없었다면 나는 이곳
저곳 기웃대다 슬그머니 나와 버리고 말았을 거다. 잔뜩 주눅이
들어 엉거주춤한 자세로 오줌을 누는데 깔끔한 제복을 입은 남자
가 가까이 다가오더니만 내 어깨에 향수를 뿌려주며 난리법석을
떠는 게 아닌가. 잠시 오줌발이 뚝 끊겼다. ‘오줌을 싸라는 거야
뭐야.’ 제복을 입은 남자는 내가 일을 마친 후에도 연방 미소를 지
으며 자리를 뜰 줄 몰랐다. ‘1불?’ ‘2불?’ 고맙고 개운하기는커녕 머

리가 혼란스럽기만 했다.

미래학자 앨빈 토플러는 화장실의 변천사를 어떤 눈으로 바라볼까? 전화해서 물어볼 수도 없으니 나름대로 해석할밖에. 갈수록 럭셔리해져 가는 화장실을 바라보는 나의 표정은 어둡기만 하다. 인류의 미래가 그리 밝지만은 않을 거란 불길한 생각까지 든다. 인류의 역사란 것이 차별을 만들기 위한 인류의 우스꽝스러운 몸부림에 지나지 않는다는 나의 어쭙잖은 해석 때문이다. 나는 너와 다르고, 기어코 달라야만 한다고 발악하는 인간들의 유치한 기록이 역사일지도 모른다는 나름대로의 판단 때문이다.

화장실마저 차별화하려 안간힘을 쓰는 인간이 뭔들 못할까 하는 생각을 하면 오싹해지기까지 한다. 한 끼에 기십만 원 하는 고급 레스토랑에 앉아 식사를 하고 있자면 누가 되었든 다소 우쭐해질 수도 있고 거들먹거릴 수도 있을 거란 생각이 든다. 하지만 아랫도리를 드러내놓고 엉거주춤 변기 위에 걸터앉아 똥을 싸면서까지 우쭐한 생각에 빠져들 이는 그리 많지 않을 것만 같다. 혹여 그런 인간이 있다면 분명 머리가 어떻게 된 인간일 거다. 식당에선 가진 자와 못 가진 자의 구분이 있을지언정 화장실에서만큼은 너와 나의 구분이 있을 수 없다. 그저 다 같은 인간에 지나지 않는다. 이런 의미에서 보면 화장실이야말로 인간을 가장 인간답게 해 주는 장소인지도 모르겠다. 너와 나의 구분이 있을 수 없고 우리 모두는 다 같이 어우러져 살아가는 동등한 인간에 지나지 않음을 깨우쳐 주는 곳이 바로 화장실일진대, 어쩌자고 정신나간 인간들은 이런 화장실까지 차별화하려 드는 건지 나로서는 도무지 이해할 길이 없다.

화장실은 너와 내가 다르지 않음을 새삼 깨닫고 체험하는 장소다. 겸손과 평등 같은 인류 최고의 미덕을, 잠시 잃어버린 미덕을 깨우치고 일깨우는 성전이자 도량이다. 그러하기에 나는 화장실만큼은 사치스럽고 요란하게 꾸며져서는 곤란하다는 생각이다.

S라인 속에 숨겨진 비밀

경제가 어렵다. 신문이나 뉴스 보기가 겁이 난다. 택시를 타도, 식당엘 들어가도 하나같이 그늘진 얼굴과 긴 한숨뿐이다. 단연 2009년 우리나라 국민 모두의 화두는 경제다. 먹고 사는 게 중요하지 않은 때야 없었겠지만, 분명 지금은 과거의 여느 때와는 분위기가 사뭇 다르다.

식당 주인아주머니도, 택시 기사도, 대통령도 입만 열면 경제 운운하며 먹고 사는 얘기다. 국민들 역시 다른 건 다 눈감아 줄 테니 경제만 살려줬으면, 먹고 살게만 해줬으면 하고 대통령에게 바라는 눈치다. 우리나라에만 국한된 얘기도 아니다. 미국, 유럽, 일본……, 지구촌 가족들이 먹고사는 문제로 바싹 긴장한 채 우왕좌왕하며 어쩔 줄을 모르고 있다.

2009년 4월 19일 나는 LA에 있었다. 점심을 먹기 위해 LA 한인 거리를 차로 달리며 식당 간판을 훑고 있는데, 번쩍 눈에 들어오는 간판 하나가 있었다. 간판 상호는 「오대산」. 차돌박이며 삼겹살을 얼마를 먹든 관계없이 무조건 9불 99전이란다. 싼 게 비지떡이라고 기대도 안하고 들어갔는데, 웬걸. 주차장도 널찍하고 건물 외양이며 내부 인테리어가 여간 근사하고 깔끔한 게 아니었다.

고기며 밑반찬 역시 여느 고급식당과 견주어도 손색이 없었다. 이상하다 싶어 주인아주머니에게 물었더니만 경기가 안 좋은 만큼 지금으로선 버티는 것 외에 달리 방도가 없다고 한다. 나는 낯선 이국땅에서 다시 한 번 세계경제의 심각성을 절감했다.

이런 형국이니 경주마로 비유하자면 '경제'와 비견될 만한 대항마를 찾기가 쉽지 않다. 하지만 눈을 씻고 찾아보면 꼭 없는 것만도 아니다. 대항마가 있다고? 내가 보기에 'S 라인' 정도라면 경제라는 화두와 견주어도 전혀 꿀릴 게 없을 것만 같은데…….

'S 라인'은 경제라는 용어만큼이나 우리 국민 모두의 입에 자주 오르내리는 말임에 틀림이 없다. 시장경제가 바닥으로 곤두박질치는 상황에서도 S 라인이란 말만큼은 좀처럼 사그라질 줄을 모르는 것이니, 의아한 건 둘째 치고 사뭇 그 기세에 놀라지 않을 수가 없다.

멋모르는 초등학생도, 순박한 시골 총각도, 점잖아 보이는 교수도, 언제나 싸움 중인 국회의원도, 누가 되었든 주저 없이 'S 라인' 운운한다. 물론 의사인 나 역시 예외는 아니다. TV 같은 언론매체 역시 'S 라인'에 점령당한 지 오래다. 경제가 어렵다보니 'S 라인'에 더 열광하는지도 모르겠다. 배가 고프니 눈요기라도 해야겠다는? 아무튼 이 정도면 'S 라인'이야말로 경제라는 화두와 견주어도 전혀 모자랄 게 없다고 할 수 있지 않을까.

나는 왕왕 우리나라 여성들이 으뜸으로 치는 삶의 목표가 혹시 'S 라인'은 아닐까 하고 생각해 본다. 인터넷을 켜기만 하면 온통 화면은 S 라인 몸매를 지닌 여성들로 도배가 되어 있고, 너도나도 S 라인을 만들기에 혈안이다. "S 라인 적금'이라는 상품도 있단다. 가입 1년 이내에 체중을 감량하면 우대금리를 얹어준다나. 그저 입이 딱 벌어질 뿐이다. 청담동이나 압구정동에는 아무리 돈을 물 쓰듯 쓸 준비가 되어 있어도 몸매가 받쳐주지 않으면 입장이 허용되지 않는 클럽들도 있다고 한다. 그야말로 난리도 아니다. 이쯤 되면 'S 라인'이야말로 이 시대의 키워드이자 만능키라고 해도 무방하지 싶다. 하지만 세상엔 언제나 예외가 있는 법, 나는 S 라인이 애물단지만큼이나 푸대접을 받는 희귀한 곳도 있음을 소개해볼까 한다.

눈칫밥을 먹어가며 대장내시경실에서 대장내시경검사를 갓 배우던, 그러니까 쥐뿔도 모르던 시절, 나의 관심은 단연 늘씬한 사람에게로 쏠렸다. 살집이 거대한 사람이 검사를 받기 위해 침대 위에 누워 있으면 그저 바라보는 것만으로도 숨이 턱 막혔다. 반면 호리호리한 사람들은 초자인 내 눈에도 그저 만만하게만 보였다. 기실 외과의사들에게는 뚱뚱한 사람은 피했으면 하는 본능적인 욕구가 마음속 깊이 내재되어 있다. 같은 수술이라 하더라도 환자의 몸집 크기에 따라 수술과정은 백팔십 도 달라질 수 있음을 잘 알고 있기 때문이다. 50kg의 여성과 90kg의 여성에게서 맹장을 제거하는 수술이 같을 수는 없다. 단지 수술명이 같다 하여 수술의 난이도나 수술 시간까지 엇비슷한 건 결코 아니다. 살집이 넉넉한 환자의 경우 배를 여는 것부터가 만만찮다. 이에 반해 날씬한 환자를 수술할 경우 배를 열고 닫는 것에서부터 장기를 자르고 잇는 과정 모두가 비교적 수월한 편이다. 배안이 훤히 들여다보이고 거치적거리는 것들도 적기 때문이다. 하지만 한 뱃살 하는 환자들의 경우에는 배를 열고 닫는 것은 둘째 치고, 온통 배안이 기름덩어리로 그득하기에 어디가 어딘지 구분조차 쉽지 않은 경우가 대부분이다. 이럴진대 어찌 수술이 용이할 수 있겠는가. 어떤 면에서 수술은 운전과도 같다. 얼마나 좋은 시야를 확보하느냐에 따라 쉽고 어려운 수술이 결정되기 때문이다. 이렇다보니 혹여 대장내시경을 잡을 기회가 주어지면 외과의사인 나는 본능적으로 늘씬한 환자가 누워있는 침대 곁으로 다가갈 수밖에 없었다. 하지만 이런 나의 판단은 빗나가도 한참 빗나간 것이었다. 초자라면 누가 되었든 범하는 실수였기에 자책할 것까지는 없었지만 그렇더라도 그 대가만은 톡톡히 치러야 했다.

미끈한 S 라인의 체형은 보는 이의 눈을 즐겁게 해준다. 보든 이의 눈을 즐겁게 해줄 바에야 대장내시경을 다루는 의사들의 손도 즐겁게 해줄 일이지……. 한데, 사정은 그렇지가 못하니 여간 서운한 게 아니다. 부드럽게 아찔한 곡선을 그리며 이어지는 S 라인 몸뚱이마냥 대장도 그렇게만 생겨먹었다면 대장내시경검사가 무에 어려울 게 있으려고.

여체를 더듬듯 힘 안 들이고 부드럽게 밀어 넣기만 하면 될 테니까. 하지만 체형이 S 라인이면 뱃속 대장도 미끈한 S 라인이겠거니 지레짐작하면 곤란하다. 빗나가도 한참 빗나간 착각이자 너무나도 순진해터진 생각이다. 안타깝게도 늘씬한 S 라인 체형을 가진 여성의 경우, 대장은 Z 라인일 가능성이 높다. Z 라인이라니? 대장의 모양새가 부드러운 곡선을 그리는 게 아니라 날카로운 예각을 이루며 꺾여 있다는 얘기다. 이렇게 생겨먹은 대장 안으로 내시경을 삽입하자면 진땀깨나 흘릴 거야 불을 보듯 뻔하다. 이에 반해 절구통마냥 두루뭉술하고 통통한 몸매를 지닌 여성들의 경우, 정작 대장은 부드러운 S 라인인 경우가 많다. 그것 참, 초자 때야 누가 그걸 알았나. 겉이 요 모양이면 속도 요 모양이요 겉이 저 모양이면 속도 저 모양인 줄로만 알았지. 나는 그저 늘씬하고 미끈한 환자를 후배인 내게 양보하는 줄로만 알았지 그런 시커먼 속내가 있을 줄이야 누가 알았나. 그러고 보면 몸뚱이가 되었든 사람이 되었든 겉과 속이 다르다는 거, 그게 항시 문제다. 우째 이상하다 했다, ○○ 형, △△ 선배!

S 라인 몸뚱이를 으스대는 여성들이여, 그대들의 대장은 Z 라인일 공산이 큼을 알라. 출근 전 거울 앞에서 한숨짓는, 후미진 곳에 앉아 조용조용 물을 끼얹다가는 슬그머니 목욕탕을 빠져나가는 여성들이여, 그대들의 대장 또한 그렇게 생겨먹었거니 속단하지 말라. 그대들의 대장만큼은 미끈한 S 라인일 가능성이 크다.

두루뭉술한 몸매를 지녔다는 이유 같지 않은 이유만으로 압구정동이나 청담동의 잘나간다는 클럽에서 퇴짜를 맞는 여성들이여, 조금도 기죽지 말라. 대장내시경실에서 만큼은 언제나 당신은 VIP 다.

남호탁 의료에세이

수면내시경과 붕어빵

인　　쇄 / 2009년 8월 10일
발　　행 / 2009년 8월 15일

지 은 이 / 남 호 탁
발 행 인 / 서 정 환
발 행 처 / 수필과비평사

출판등록 / 1984년 8월 17일 제28호
주　　소 / 서울시 종로구 익선동 30-6
　　　　　　운현신화타워 빌딩 2층 208호
전　　화 / (02) 3675-5633, (063) 275-4000
팩　　스 / (063) 274-3131
E-mail / essay321@hanmail.net

값 10,000원

ISBN 978-89-5925-586-3　　03810

※ 저자와 협의, 인지는 생략합니다.
※ 잘못된 책은 바꿔 드립니다.